ALTOS E BAIXOS

UM ROMANCE

Elisa Salomon

ALTOS E BAIXOS

UM ROMANCE

L·G·E EDITORA

Brasília, 2006

LGE Editora Ltda.
SIA Trecho 03 Lote 1760
CEP 71200-030 — Brasília-DF
Tel.: 61 3362-0008 — Fax: 61 3233-3771
lgeeditora@lgeeditora.com.br
www.lgeeditora.com.br

Editor
Antonio Carlos A. Navarro

Autor
Elisa Salomon

Revisão
Mª. Auxiliadora Ribeiro Kneipp

Diagramação
Marcus Polo R. Duarte

Impressão e Acabamento:
LGE Editora/Brasília-DF

DADOS INTERNACIONAIS DE CATALOGAÇÃO NA PUBLICAÇÃO(CIP)

Salomon, Elisa.
Altos e Baixos - Um Romance/Elisa Salomon; Brasília: LGE, 2006.
233p.

1.Literatura, Brasil - Romance. I.Título.

CDU 82-34
82;821

ISBN 85-7238-259-3
visite nosso site: www.lgeeditora.com.br

À Ivana, Cristina e Christiane, minhas entusiasmadas primeiras leitoras;

Ao Roberto, por todo incentivo, apoio e carinho;

À Auxiliadora, minha mãe, pelo cuidado e paciência na revisão final;

Ao Márcio, pela acolhedora confiança.

Prólogo

Meu marido acabou de me dizer que quer se separar de mim.

Foi por isso que eu comecei a escrever este diário. É, foi por isso sim. Quando a gente espalha os problemas no papel, nós mesmos passamos a nos entender melhor. Talvez seja aquela história de se forçar a ser coerente. Você tem que ter coerência quando escreve.

Bem, antes de continuar, acho que você gostaria de saber alguma coisa sobre mim, logo de início. Eu sei como dá aquela preguiça quando a gente começa a ler algum livro novo. Demora um tempo até conseguir entrar na história e conhecer os personagens. Bem, não é que me descrevendo fisicamente qualquer um possa já de imediato entender do que a coisa se trata. Mas já é um bom começo, não? Eu mesma sempre gostei de fazer aquela imagem mental do meu herói e da minha heroína o quanto antes. Sim, não tente se enganar, eu sou a heroína desta história.

A minha descrição? Ah, sim, aí vai: tenho trinta e poucos anos, corpo bem em forma – malhação três vezes por semana – , rosto de traços finos, nariz ligeiramente arrebitado na ponta, boca de lábios sensuais, covinha nas bochechas, visível quando sorrio, cabelos longos e castanhos, expressivos olhos pretos...

* * * * *

Não! Não! Acho que não me dei muito bem com essa descrição. Um dos agentes que teve a oportunidade de ler o meu romance – não, não este, vez que este, por óbvio, está apenas no começo – já me alertou para que eu evitasse esse tipo de descrição. Muito desgastada, disse ele. Fuja da fórmula de livros vendidos em banca de jornal.

Então tá. Como esta história terá mais sucesso que a sua predecessora, pelo menos assim espero, vou seguir aqui os conselhos daqueles que, supostamente, estão por dentro do assunto.

Tentarei novamente: Trinta e poucos anos (*isso não dá pra mudar*), corpo malhado mas ainda bem longe do ponto a que quero chegar, rosto harmonioso (e*pa, acho que isso também não pode...*), rosto bonitinho então, o nariz e a boca bem proporcionados e os lábios meio que do estilo carnudo e sensual. Um namorado meu disse que era assim, então, essa descrição eu mantenho. Os cabelos são castanhos – mas já começo a considerar umas luzes ou coisa assim pra disfarçar os brancos, ainda poucos, que estão chegando – e bem longos. Mas nada de estilo Madalena arrependida com as madeixas compridas e sem charme. O cabelo é todo meio repicado na frente, de forma que tem um balanço legal. Sou magra também, já tinha dito isso? Não magra demais – abandonei esse patamar após o nascimento do meu filho –, mas próximo do que os homens chamam de gostosa. A única coisa que me incomoda, além do um metro e sessenta e cinco de altura, são os seios pequenos. Pequenos, mas empinados, devo dizer, ainda que esse comentário venha, eventualmente, me tirar alguns pontos na conceituação de algum agente ou editor .

Enfim, acho que agora você já tem uma idéia mais ou menos acurada de como eu sou, pelo menos na parte física. Já a parte emocional, acho que você vai descobrir com o desenrolar da minha história.

E foi assim que aconteceu...

* * * * *

Dia 1

Estava deitada no sofá da sala de televisão quando meu marido entrou e ficou alguns segundos parado, olhando pra mim.

"Tudo bem?", eu perguntei.

"Nós precisamos conversar, Bia"

Levantei-me imediatamente. Há tempos as coisas não andavam bem entre nós. Os interesses comuns, se algum dia haviam existido, hoje se resumiam, tão só, ao bem-estar de nosso único filho.

Armando deixou a sala e entrou no quarto. Eu ia logo atrás, admirando o jeito estiloso dele. Armando está sempre arrumado, mesmo que seja só pra ficar em casa. As roupas são quase todas feitas em alfaiate. "Um luxo", como diz minha amiga Lúcia, naquele tom de voz engraçado que só ela sabe fazer. Não podia deixar de concordar.

Acompanhei-o e sentei-me na poltrona de tecido xadrez, comprada poucos meses antes. Sem conseguir evitar, e como tantas vezes fazia, voltei a pensar que a escolha do tecido não havia sido das melhores. Um tecido liso, verde ou azul, teria combinado melhor com a decoração do quarto.

"Não dá mais pra continuar assim, Bia."

Achei que ele podia ter pensado numa frase melhor pra terminar tudo. Fiquei calada, no entanto, grata por não ter sido eu a dar o primeiro passo para aquele desfecho. Sempre tive a impressão de que a culpa pelo término de um casamento pende mais para o lado daquele que tem a coragem de dar um basta à situação. Ainda que ambos sejam culpados, como era o nosso caso.

Ele continuou:

"Você não está feliz, eu não estou feliz."

Eu só balancei a cabeça, em concordância.

"Vamos nos separar agora antes que as coisas fiquem muito complicadas, antes que um comece a odiar o outro."

A única coisa que me veio à cabeça era quem consertaria o meu computador quando ele desse pane. Armando era um alto executivo de uma companhia de informática americana. Podia fazer qualquer coisa com um computador. Entendia tanto de software quanto de hardware. Aquela separação poderia ser um golpe duro pra mim.

Por favor, não me entenda mal. Não fique com a falsa idéia de que eu sou uma megera interesseira ou coisa pior. É que você tem que entender no que se transformou o nosso casamento pra saber a razão de eu me sentir assim. Começo logo afirmando que

Armando é um ótimo homem, um excelente pai. E por algum tempo foi um ótimo companheiro também. Mas nós nos afastamos um do outro, como acontece com um grande número de casais. A nossa relação, nos últimos dois ou três anos, foi uma relação em que os esforços comuns tinham como único objetivo a criação de nosso filho. Era como se nós tivéssemos uma sociedade. Cada um faz a sua parte para o negócio dar certo. O negócio, no caso, consistia na educação de uma criança e na manutenção da casa – sim, o bom funcionamento do computador incluído aí. Mas agora, com Davi já bem crescido, entrando na adolescência, parece que a sociedade não tinha mais razão de ser.

"Eu concordo", foi só o que consegui responder.

Ele não ficou surpreso com a resposta. E por que ficaria? A fase de fingir que tudo estava bem já há muito tinha passado. Agora cada um levava a sua vida enquanto cumpria as obrigações da sociedade, que se deteriorava.

Ele entrou no closet e saiu com uma mala na mão. Enquanto separava algumas roupas, disse:

"Vocês ficam com a casa. Eu pago a escola de Davi e dou mais um tanto pra ajudar com as despesas dele. Pensei em chamar o Mauro pra oficializar a separação."

Ele voltou os olhos pra mim e eu, novamente, concordei com a cabeça.

"Se vocês precisarem de alguma coisa é só dizer. Eu não quero que passem por nenhuma dificuldade."

Eu não estava muito preocupada com a parte financeira. Eu era formada em Direito e tinha um ótimo emprego no governo federal. Além de receber um salário bastante bom, tanto a minha família quanto a de Armando tinham dinheiro. E depois, naqueles doze anos de casamento, nós tínhamos juntado um bom patrimônio.

"Você vai conversar com Davi?", eu quis saber.

"Amanhã, quando ele voltar com o avô da fazenda."

"Você tem alguém?", perguntei.

Ele balançou a cabeça em negativa e também perguntou:

"E você?"

"Não", respondi com convicção, apesar de o rosto de Marcos me ter vindo imediatamente à cabeça.

Armando despediu-se, beijou o topo de minha cabeça e saiu. Eu deixei a poltrona e deitei na cama. Por longos minutos fiquei estudando o teto do meu quarto. Uma minúscula mancha ainda era visível onde Armando tinha matado um pernilongo alguns meses antes. Cheguei à conclusão de que teria que ter uma séria conversa com a faxineira.

Dia 2

Davi chegou e não quis conversa comigo. Aparentemente, o pai já tinha falado com ele. E a reação não parecia ser das melhores. Ele se trancou no quarto e ligou o som. Bati na porta algumas vezes, mas fui ignorada. Achei melhor dar um tempo. Apesar da reação dele, pensei que as primeiras vinte e quatro horas de separada estavam indo bem.

Dia 3

Não sei se cheguei a ser muito explícita, mas o dia três do diário não quer dizer que é o dia imediatamente seguinte ao dia dois. Na verdade, quer dizer, somente, que é o terceiro dia em que sento a bunda na cadeira e escrevo o que está acontecendo. Hoje comemoro (*a gente comemora uma coisa que é, teoricamente, ruim?*) uma semana de separação. Está na hora de contar para os meus pais.

Talvez você ache estranho demorar tanto tempo. Vai de repente achar que eu sou meio afastada deles ou que talvez até moremos em cidades diferentes.

Mas não. Nós moramos na mesma cidade, Brasília, e, digamos, no mesmo bairro, o Lago Sul. E eu me entendo bem com eles e sou bem próxima de minha mãe.

O motivo da demora é que eu queria ter a certeza de que o meu estado civil atual – separada de fato, ainda que não de direito – vá continuar. É que uma amiga do trabalho tinha me contado de uns conhecidos que se separaram e que, no mesmo dia, avisaram a todos, inclusive a ela, que nem era tão chegada assim ao casal. A separação durou só aquele dia. Isso mesmo, só um dia! Vinte e quatro horas depois, eles estavam juntos novamente. E isso é um tanto gozado, não é? Quero dizer, um casal só deve se separar se tiver muita certeza de que é isso mesmo que quer. Tipo eu e Armando. Eu tinha a certeza de que o nosso relacionamento iria terminar nisso, e pelo jeito, ele tinha também. Tanto tinha que foi dele mesmo a iniciativa. No lugar desse casal, eu daria um jeito de dar uma disfarçada. De ficar mais alguns dias separada. O inusitado não foi a reconciliação em vinte e quatro horas, veja bem, o inusitado foi contar pra todo mundo e daí voltar às boas em tempo tão curto. Definitivamente, eles deveriam ter esperado mais um pouco. Anunciou a separação? Deixou todo mundo abalado? Agora tem que agüentar, nem que seja por alguns poucos dias, senão a coisa toda fica parecendo briguinha de criança.

Assim, foi pensando nisso que resolvi dar um tempo. Não que eu não tivesse realmente certeza da separação. Mas vai que Armando resolvesse voltar... o nosso casamento não estava bom, mas também não chegava a ser nada infernal... e depois sempre tem o problema de quem vai consertar o computador...

Liguei para os meus pais e contei a novidade. Ficaram arrasados. Quiseram saber de quem tinha sido a idéia. Meu pai xingou o

Armando. Disse que devia ter outra mulher na história. Minha mãe estava mais calma. Afirmou que aquilo podia ser temporário. Que tudo ainda podia se ajeitar. Tentei ficar o mais calada possível. Bem que estava gostando de ser vítima de toda aquela história, apesar de, no fundo, saber que era tão culpada quanto Armando.

Depois do telefonema, saí com Davi pra comprar sorvete, aproveitando aquele resto de sábado. Sentamos num dos bancos do Pontão e ficamos observando as lanchas que cortavam velozmente as águas do Lago Paranoá. Davi quis saber se eu gostaria que o pai voltasse. Eu meio que disse que não, após um tanto de enrolação. Ninguém dá uma resposta dessa assim, de cara: "Não, não quero que o seu pai volte". Tentei explicar que as coisas já não iam tão bem entre nós, que era melhor cada um procurar um novo caminho e ser feliz e que ele não se preocupasse, que nós sempre o amaríamos do mesmo jeito. Na verdade tinha decorado um roteiro com todas as razões pra separação. Confesso que me perdi um pouco no meio do caminho, mas Davi pareceu não reparar.

Depois do sorvete, nos levantamos e começamos a caminhar pela calçada do Pontão. Estava me sentindo feliz. Uma semana de separação e nenhum sinal de depressão. Imaginava como Armando estaria se saindo no apart-hotel em que estava hospedado. Estaria recebendo mulheres? Teria já tirado a aliança?

Olhei a minha mão. Os três anéis continuavam lá: o anel de noivado, a aliança de casamento e o enorme solitário que ganhara com o nascimento de Davi. Não sei por que não os tirara do dedo... eu mesma ainda não tinha tido coragem de examinar aquele fato detidamente.

Davi encontrou alguns colegas de escola, e eu voltei a me sentar em um dos bancos. Por um instante acompanhei a conversa dos meninos com atenção. Não que pudesse entender o que era dito, vez que eles estavam a alguma distância, mas eu sempre gostei de acompanhar a linguagem corporal. Cheguei à conclusão de que o meu filho era o que parecia o mais maduro de todos. Além de ser o mais alto e de longe o mais bonito – verdade mesmo, análise puramente objetiva... –, ele era o único que tinha jeito de rapaz e não mais de menino. Fiquei tentando determinar se gostava, ou não, daquela constatação.

Após algum tempo, notei alguns rapazes e moças conversando perto dali. O clima de paquera corria solto. Verifiquei que, pelo menos um dos rapazes, freqüentava a mesma academia que eu. Não tinha pensado naquilo ainda, mas a separação se consolidando mesmo, dali a pouco seria eu quem estaria naquela situação. Voltar a paquerar... a idéia me pareceu um tanto hilária. Não conseguia me imaginar no campo de batalha. Sim, porque, pelo que já havia escutado da conversa de amigas solteiras ou mesmo separadas, a situação estava preta. Na nossa idade, todos os homens interessantes já tinham sido agarrados, o que sobrava era restolho... Fiquei pensando se Marcos se enquadrava nessa triste categoria.

Dia 4

Antes de contar a você sobre Marcos, eu quero falar sobre o inusitado presente que ganhei ontem dos meus sogros. Alguém me disse, uma vez, que não existe essa história de ex-sogros, uma vez sogro, sempre sogro, mesmo se você se separou do filho ou da filha deles. Eu não sei se isso é verdade, mas o fato é que não gostaria de ter de usar, quando me referindo a eles, o termo "ex". Nada de "ex", de desligamento, de coisa que era e não é mais. E daqui a pouco você já vai entender o porquê disso.

Antes de mais nada, porém, é preciso contar que eles ficaram muito chateados com a separação. Culparam o Armando por aquele ato impensado e me trataram como se eu fosse a vítima de toda aquela situação. Bem, eu nem preciso dizer que estava gostando bastante do rumo que as coisas estavam tomando, né? Até que chegou a hora do tal presente...

Os pais de Armando são fazendeiros. Não fazendeiros pé de chinelo. Não estou falando de ter uma fazendinha com um roçado de milho e uma vaquinha de leite, aonde se vai todo final de semana ou feriado. Estou falando de negócio sério, trabalho de gente grande, fazenda que dá lucro. Não me pergunte o tamanho da coisa que eu não saberia dizer. Metragem nunca foi comigo. Até hoje não sei se são alqueires que formam um hectare, ou vice-versa.

Mas, se eu não sei dizer o tamanho das plantações de soja – todas com irrigação de pivô, se é que eu sei do que estou falando –, conheço o tamanho da criação de gado: vinte mil cabeças, divididas em quatro fazendas.

Berenice e Fernando, pais de Cláudio e de Armando, são pessoas maravilhosas. Como somente tiveram filhos homens, sempre me trataram como seu eu fosse filha deles. Eles são muito carinhosos e preocupados comigo, e o inverso também é verdadeiro. Aliás, foi com um grande alívio que constatei, hoje, que apesar da separação, nada parece ter mudado.

Os almoços de domingo, na casa deles, foram sempre tradição na nossa família. Eu tinha pensado que, após a nossa separação, seria Armando que, provavelmente na companhia de Davi – os domingos não são para os pais separados saírem com as crianças? –, continuaria a tradição dominical. Mas, pelo menos naquele domingo, era eu quem estava lá, atendendo convite expresso dos meus sogros, feito no dia anterior.

Depois de ter comido muito mais do que devia e de ter que soltar o zíper pra acomodar a barriga, lá fui eu surpreendida com um envelope que me foi formalmente entregue pelo Seu Fernando.

"É pra você, Bia. Um presente meu e da Berenice."

Eu sorri e fui logo abrindo o tal envelope. Dentro, uma escritura de uma fazenda. "Umas terrinhas", como me explicou o meu sogro. Disse que, há algum tempo, pensavam em passar aquelas terras pra nós. Diante da sacanagem do Armando – juro por Deus que foram essas as palavras de Seu Fernando mesmo – , eles resolveram passar as terras pra mim. Formalmente, o negócio só seria finalizado após a separação oficial. Eu agradeci muito, mesmo tendo a leve idéia de que estava ganhando um elefante branco. Meu sogro apontou pra alguma coisa no papel.

"Vê aqui, Bia... aqui diz que as terras estão sendo passadas de porteira fechada."

Como eu continuasse a olhar pra ele com expressão de completa ignorância, Seu Fernando continuou:

"Isso quer dizer que tudo o que tem lá é seu."

"E o que tem lá?", perguntou Davi, pela primeira vez parecendo se interessar por aquele assunto.

"Duzentos bezerros da raça nelore."

Saímos de lá, no final daquela tarde, com a responsabilidade de cuidar dos bezerros. Eu não estava nada animada com a perspectiva, ainda mais quando soube que os ditos cujos deveriam ser, dali a alguns meses, vendidos para o frigorífico.

"Dá pra separar uma dúzia de seis ou sete pra reprodução, e o resto você vende pra fazer capital de giro e poder comprar mais. Foi assim que eu comecei", me afirmara Seu Fernando, rindo da própria gracinha.

Não tive coragem de contar a ele que eu não tinha a mais mínima vontade de me tornar uma fazendeira, apesar de estar quase certa de que ele já sabia daquilo. O problema da família Vilella era ter tido dois filhos homens extremamente urbanos. Cláudio e Armando haviam desfrutado das fazendas na infância e no início da juventude. Mas depois disso eles trocaram a vida na zona rural pelo burburinho das cidades. E haviam se dado bem, era verdade. Enquanto Cláudio era um renomado ortopedista em São Paulo, Armando trabalhava em uma importante companhia americana, como já disse, que recentemente havia aberto uma filial no Brasil.

E, então, sobrávamos eu e Davi. Eu, como funcionária pública, ganhava bem, mas nada comparável aos salários de Cláudio e de Armando. E talvez fosse por aí que o meu sogro pensava em me convencer. Certamente imaginava que, me levando pra uma vida rural, estaria também carregando o Davi, que era o único herdeiro de tudo aquilo, pelo menos até Armando ter outro filho. *Mas será que Armando vai ter outro filho? Ah, não quero nem pensar nisso...*

Dia 5

Hoje me bateu uma enorme tristeza. Sabia que não devia, mas resolvi arrumar o armário de fotos, que de tão bagunçado já mal fechava a porta. Chorei até não poder mais ao ver as fotos minhas com Armando. Pensei que não passaria por isso, afinal estava indo tudo tão bem! Mas ver as fotos foi como abrir a torneirinha das lembranças. Não consigo deixar de pensar que tudo poderia ter sido muito diferente. Penso que nós poderíamos ter lutado mais pra ficar juntos. Nem mesmo terapia de casal nós tentamos. E todo mundo, hoje em dia, faz terapia de casal. Será que seria bom tocar nesse assunto com Armando? Hoje faz doze dias que estamos separados.

Dia 6

Quinta-feira foi um dia de muitas decisões: matriculei Davi num curso de reforço de português, mandei encaixotar todas as coisas do Armando, comprei uniformes novos pra empregada, despedi o motorista e tirei a aliança.

Lúcia, uma de minhas melhores amigas, ligou dizendo ter visto Armando no restaurante japonês na companhia de uma mulher. "Ele, o luxo de sempre, e ela pra lá de breguinha". Contou que o lance estava bem suspeito. Não chegou a ver beijo, mas me jurou que ali tinha coisa. Por conta disso, a decisão de tirar a aliança e de mandar encaixotar as quinquilharias dele.

O curso de português era coisa que já devia ter sido providenciada desde que chegamos dos Estados Unidos. Acho que não contei que moramos no exterior, não é? Bem, não chega a ser grande novidade. Ficamos fora cinco anos e voltamos ao Brasil há pouco mais de dois, quando Armando recebeu o convite pra dirigir uma das filiais brasileiras da companhia de tecnologia em que trabalhava. Davi voltou a estudar na escola que freqüentava antes da nossa saída: uma escola bilíngüe, português/inglês. A parte do inglês é ótima, a do português deixa um tanto a desejar. E, como eu não posso admitir um brasileiro que não saiba perfeitamente bem a própria língua, matriculei Davi no tal curso.

Sobre os uniformes da empregada, não tenho nada de muito interessante a dizer, a não ser que, por mais que eu me esmere em comprar uniformes decentes, a minha empregada, que por sinal é uma peça, está sempre mal-ajambrada. Ou o uniforme está amassado – não estou querendo dizer *amassadinho...* estou me referindo a estar praticamente irreconhecível de tão enrugado – ou está manchado, ou está faltando botão. E isso porque são todos novos, comprei-os não tem mais de três meses.

O nome da peça, aliás, é Kris Kelly. Sim, como em Grace Kelly, mas você tira o Grace e põe o Kris. Ela é um amor de pessoa, apesar de ser péssima na limpeza da casa, na organização da cozinha e no cuidado com as nossas roupas. Mas, bem ou mal, é com a ajuda da Kris Kelly que eu conto diariamente e, ainda, com a de uma faxineira e de um jardineiro, uma vez por semana. Contava com os serviços também de um motorista particular, mas como já falei, eu tive que despedi-lo. É que ele pegou um de nossos carros, que havia sido liberado da revisão na concessionária, e passou todo o final de semana motorizado. Rodou mais de trezentos quilômetros, segundo os meus cálculos. Eu não sei como ele pretendia esconder isso de mim. O fato é que o despedi por justa causa e agora estou à procura de outro.

Dia 7

Resolvi contar sobre Marcos. O problema é que, na verdade, não há muito a dizer sobre ele, uma vez que nós nunca nem chegamos a conversar. Ele é um conhecido da Academia de Tênis, e só. Quer dizer, eu andei, digamos, meio que flertando com ele. Mas foram só olhares de longe e troca de meios-sorrisos, poucos. Os problemas eram dois: o primeiro é que eu sou casada, ou era, e nunca achei legal ter um relacionamento extra-conjugal; o segundo é que eu jogo tênis muito mal. Ainda. E Marcos não. Ele é um dos melhores da Academia. E aí a coisa nunca engatou – não que eu propriamente quisesse que engatasse, veja bem.

Marcos é bem bonito, mas não de uma beleza tradicional. Não sei descrever direito, não sem recair nas vedadas fórmulas de folhetins de bancas de jornais – ou estilo Sabrina e Júlia, como também disse o tal agente. Os atributos físicos, bem objetivos, porém, são os seguintes: um metro e noventa, por baixo; forte, músculos dos braços e pernas bem definidos; minha idade, ou talvez um pouco mais velho; cabelos castanhos escuros e olhos verdes! Sim, verdes! Eu mesma mal acreditei na minha sorte quando descobri, algum tempo atrás, que o bonitão com quem eu flertava tinha olhos da cor do Caribe.

Acho que eu ainda não havia mencionado que tenho uma certa queda por homens de olhos claros. Armando, mesmo, tem os olhos cinza-azulados. Lindíssimos, pelo menos até uns dois ou três anos atrás, quando eles, e o próprio Armando, começaram a perder o encanto pra mim.

Infelizmente Davi não puxou os olhos do pai. E, de acordo com a genética, a culpa é minha. É que toda a minha família tem olhos escuros. Na época de seu nascimento, aliás, um pouco depois, quando já se sabia que ele tinha puxado os meus olhos, eu ficava pensando se seria possível que eu tivesse algum daqueles xizinhos recessivos, sobre os quais a gente aprende nas aulas de biologia. Somente uma bisavó paterna parece ter tido olhos azuis – se bem que haja certa controvérsia a respeito.

Bem, voltando a Marcos, eu não sei em que trabalha e também não sei onde mora. Por um fiapo de conversa que ouvi entre ele e um amigo, na lanchonete da Academia, parece que tem uma filha de oito anos. Mas ele não usa aliança. Isso eu reparei logo que botei os olhos nele, em obediência ao meu transtorno obsessivo compulsivo de procurar pela mão esquerda de todo homem, seja ele bonito ou feio, jovem ou velho, alto, baixo ou barrigudo.

Quanto a eventual interesse de Marcos por mim, eu não saberia dizer com certeza. Que ele já me reparou, já me reparou, mas não sei bem com que intenção. Quer dizer, uma coisa é ele me ver na rua e pensar: "Aquela mulher joga tênis na Academia". Outra, bem diferente, é um pensamento mais para os lados de: "Lá está a sensual, bonita e interessante mulher que joga tênis na Academia".

Ah, sim, houve o episódio no estacionamento, que eu não sei até que ponto pode significar alguma coisa. Afinal os homens têm essa coisa meio irracional quando se trata de carros.

Lá ia eu, num sábado de manhã, manobrando o meu Jeep da Mercedes Benz – presente de Armando, no nosso décimo primeiro aniversário de casamento – pra deixar a Academia, quando vejo Marcos saindo de seu carro. Ele pára e, por alguns segundos, fica observando enquanto eu luto pra tirar o carro da vaga apertada. Quando, enfim, eu consigo e acelero pra ir embora, verifico pelo espelho retrovisor – um bocado satisfeita, tenho que admitir – que ele continua parado no mesmo exato ponto, acompanhando a minha saída com os olhos.

Esse foi, então, o episódio mais significativo acontecido entre nós dois – se você considerar que as raras trocas de sorrisos não tenham outro significado que não um mero cumprimento entre conhecidos.

Contei esse episódio para o meu trio de amigas, e a conclusão variou entre ele estar interessado em mim e ele estar interessado no carro.

Claro que há, ou havia, o problema da aliança no meu dedo. Uma aliança grossa como a que eu tenho, acompanhada de mais dois anéis, um deles um brilhante de tamanho considerável, é muito difícil de ser ignorada. Esse dado também foi levado em conta por minhas amigas, que foram unânimes em afirmar que não havia dúvida de que Marcos é um homem sério. Ele teria percebido que eu era casada e, por isso mesmo, não teria me dado bola.

Antes de continuar, porém, eu quero que você entenda que eu não sou dessas mulheres casadas que saem por aí espalhando aos quatro cantos que está interessada em alguém, que não seja o marido, obviamente. Primeiro, eu não estou propriamente interessada em Marcos, eu só o achei bonito e interessante, só isso... Segundo, essas minhas amigas não são umas amigas quaisquer. Nós nos conhecemos já há quase vinte anos, quando fizemos o então chamado segundo grau, no Maristão. Nós somos muito próximas e o que é comentado em nosso círculo morre ali. Eu as considero as irmãs que não tive. Terceiro, na noite em que fiz a confissão, nós quatro havíamos bebido um bocado, e, aí, quando elas começaram a falar de homens, cada qual com um caso picante ou engraçado, eu achei que falar do Armando era um pouco brochante. Quando dei por mim, já tinha contado do meu inocente flerte com Marcos.

Voltando ao presente. Eu ainda não tive a oportunidade de desfilar pela Academia de Tênis com a minha mão ausente de anéis. Ando malhando na academia de ginástica perto de minha casa, as costumeiras três vezes por semana, mas alguma coisa sempre me impede de ir ao tênis nas noites de quinta e manhãs de sábado, dias em que tenho aula. Ou é algum problema no trabalho, que me impede de estar na Academia às sete da noite, ou é supermercado que tenho que fazer no fim de semana, ou Davi que tem treino de futebol, ou minha sogra que quer que eu vá bater pernas no shopping com ela, ou minha mãe, que, com ciúmes de minha sogra, também quer fazer compras no shopping...

De qualquer forma, fico aqui imaginando qual será a reação de Marcos – se é que ele terá alguma.

Dia 8

Hoje as coisas se complicaram no trabalho. Tenho a impressão de que você deve ter ficado aí até duvidando de que eu trabalhasse mesmo. Trabalho sim, e sou muito boa no que faço. Eu sou formada em Direito, como já disse, e sou funcionária pública. Não quero dar mais detalhes, porque vai que o meu chefe algum dia chegue a ler o que estou escrevendo e fique aborrecido achando que a história foi autobiográfica demais... O que você deve saber é que o meu trabalho consiste em ficar quieta na minha sala resolvendo os meus processos administrativos. A meu favor, eu tenho facilidade em escrever – sim, ainda que sejam textos técnicos –, objetividade e grande poder de concentração. Eu sou rápida e dificilmente tenho que trabalhar nos dois turnos pra dar conta do serviço.

Mas, hoje, eu tive o azar de pegar dois casos muito complicados, o que significa que eu terei de trabalhar amanhã, sábado. Isso quase sempre ocorre no final do mês, quando estamos pra fechar a estatística. É que o meu chefe faz questão de começar o mês sem processos remanescentes do mês anterior no nosso setor.

Após passado o choque inicial, seguido dos xingamentos de praxe, feitos em voz baixa – eu já tinha programa para o sábado; o tênis, claro! –, mergulhei no trabalho e só fui chegar em casa perto de nove da noite.

Dia 9

Contratei outro motorista, esqueci de dizer. Tive que contar com a ajuda de Armando. Nós andamos nos falando nesses últimos dias. Ele se prontificou a ajudar tão logo soube do problema. Armando é muito prestativo, não sei se já tinha dito isso – apesar de ter ficado absolutamente calado quando eu mencionei, muito en passant, que o meu computador estava dando umas engasgadas.

Enfim...

O motorista, Seu Oripes, é boa pessoa. Já está conosco há um mês e meio, tão logo, aliás, o outro saiu. Armando, além de prestativo, é muito eficiente. Ele mesmo entrevistou Seu Oripes e resolveu todos os detalhes da contratação.

Por falar em Armando, parece que a tal notícia de que ele estaria namorando não é verdadeira. Davi, que foi passar um final de semana no apart-hotel com o pai, me disse que ele não tem ninguém. Algumas conhecidas, esposas de colegas de Armando no trabalho, também me afirmaram a mesma coisa. Acho que estou propensa a acreditar.

* * * * *

Dia 10

Hoje eu e minhas amigas tivemos uma ladies' night out. Fomos pra casa de uma delas, a Lúcia, e desatamos a beber, a falar bobagens e a rir. Foi a primeira vez que me senti realmente separada e desimpedida. Em todas as vezes anteriores, quando o assunto era paquera ou a dificuldade pra se encontrar um homem decente, eu ficava quieta ouvindo, com um certo desinteresse. Dessa vez, no entanto, eu prestei atenção, já muito ciente de que agora estou nesse barco também, apesar de não estar muito certa se quero, tão cedo, me envolver com alguém.

"É só um namoro leve, Bia, nada de muito firme ou sério", disse-me Carla, a única do grupo que também tinha sido casada.

"Você dá uns beijos gostosos, vai pra cama com ele, se achar que vale a pena, e só", continuou ela, enquanto se servia de mais vinho.

"Sexo já no primeiro encontro?", perguntei, pela primeira vez não censurando o pensamento de como seria fazer amor com Marcos.

"Claro", respondeu Isadora, aos risos, "desde que role atração e tesão, nada impede."

"Além do Armando eu tive poucos, vocês sabem", disse.

"Poucos quantos?", quis saber Lúcia.

"O Armando foi o meu segundo", respondi, escondendo a irritação, pois já tinha contado aquilo pelo menos uma dezena de vezes.

"E isso assusta?", perguntou Isadora.

"Acho que sim, afinal, há doze anos, eu vou pra cama com o mesmo homem."

"Você é o único caso que conheço de mulher que tem uma vida sexual ativa com o marido e que, mesmo assim, se separa." O comentário veio de Carla, que, talvez, estivesse comparando o meu caso ao dela.

* * * * *

Aquilo era verdade. Eu e Armando sempre falamos a mesma língua na cama. Apesar de, nos últimos tempos, o sexo ter ficado mais mecânico do que emocional. Esse era um dos motivos, aliás, que tinha feito com que nós dois mantivéssemos o casamento por tanto tempo. Se um casal se dá bem na cama, ele pode se dar bem em todo o resto, certo? Não. Infelizmente a experiência me mostrou que isso não é verdadeiro. Apesar do bom entrosamento na cama e da tal sociedade que nós mantínhamos, a verdade é que mais nenhum ponto em comum existia entre nós dois. Podíamos passar horas, um ao lado do outro, sem termos absolutamente nada o que conversar. Claro, podíamos falar sobre alguma ocorrência no trabalho, ocasiões em que eu fingia que prestava atenção nas coisas que ele contava, e ele, por sua vez, fingia que se interessava pelas minhas. Armando não gosta de malhar, não gosta de tênis ou de qualquer esporte, não gosta de romances, seja em filmes, seja em livros e, *pior*, acha pouca graça nas minhas amigas.

Eu, por outro lado, acho que computador só serve pra escrever as minhas histórias; qualquer explicação a mais de como a máquina funciona ou da razão de um determinado programa ser melhor do que outro, ou dos motivos pelos quais eu devo odiar a Microsoft é conversa destinada a me aborrecer. Armando não disfarçava tão bem essa falta de paciência pra com as minhas coisas, como eu disfarçava pra com as dele. Lembro, por inúmeras vezes, ter embalado os meus problemas com o som cadenciado do ronco dele. Era angustiante quando eu queria compartilhar algum determinado acontecimento do dia e não conseguia. Em geral, Armando alegava estar cansado e com sono, o que acabava por me levar a um tedioso monólogo com o teto do meu quarto.

Falando em escrever, porém – e deixando momentaneamente de lado o tópico ex-marido –, ainda não tive a chance de contar que eu sou escritora. Sim, escritor é todo aquele que escreve, o que não quer dizer, necessariamente, que tenha que ter alguma obra já publicada. Bem, como já disse, logo no começo do meu diário, esta minha história será a primeira a encontrar as prateleiras das livrarias – se eu, claro, conseguir convencer algum editor de que fugi dos estereótipos de Júlias e Sabrinas, a respeito dos quais, pra falar a verdade, não tenho nada contra, mas que, por interesse, finjo que tenho.

O meu primeiro romance, elogiadíssimo por minhas três amigas, já foi rejeitado por dois agentes e uma editora paulista.

Então, após me recompor dos sucessivos fracassos, decidi que começaria a escrever algo totalmente diferente do que vinha escrevendo até então. E aí surgiu a idéia deste diário.

"Vai ver que o tal Marcos não é nem tão bom de cama."

Voltei a me concentrar na conversa. Eu tenho disso, você sabe, de me desligar do que acontece à minha volta e ficar lidando com os meus problemas interiores. Coisa de pirado, você talvez queira dizer. Prefiro pensar que é coisa de artista.

"Ele tem cara de ser muito bom de cama", respondi, enquanto abria a quarta garrafa de vinho da noite.

"Isso é coisa que não dá pra saber só de olhar", afirmou Lúcia, com a voz da experiência de quem troca de parceiros com surpreendente freqüência.

"Ou seja, eu tenho que colocar a coisa em prática", conclui, enquanto pensava se algum dia teria coragem de, ao menos, me apresentar a Marcos.

A conversa continuou ainda por algum tempo naquele tópico. Pensava que há muito não via o tal homem objeto de nossas conversas. Com certeza, mais de dois meses. Apesar de ter conseguido, naquela última semana, ir às minhas aulas de tênis, Marcos não aparecera por lá. Ainda estava curiosa pra saber se ele, logo de cara, notaria que eu não usava mais aliança.

Cheguei em casa, um tanto bêbada, às três horas da manhã.

Dia 11

Pela primeira vez desde a separação, eu, Armando e Davi saímos juntos. Fomos almoçar no Porcão, restaurante favorito de meu filho. Foi tudo bem, muito civilizado. Como sempre, comi demais e tive que abrir o zíper do jeans. Felizmente, já antevendo essa situação, tinha colocado uma blusa larga por cima da calça, de forma que ninguém notou nada de anormal.

Armando disse que está procurando um apartamento pra comprar. Meio que insinuou estar precisando de minha ajuda. Fiquei pensando quantas horas de consultoria em informática um favor desse valeria. O meu computador anda ameaçando encrencar.

Dia 12

Um tal de Seu Vasintão me ligou. Demorei muito tempo pra entender do que se tratava, por conta do português muito mal falado. Algo próximo de uma outra língua, pra dizer a verdade. Me deu um branco agora dos absurdos lingüísticos que ele disse, mas posso afirmar que ele não deixaria uma antiga cozinheira de minha mãe, que falava "figo" em vez de "fígado", "estomo" no lugar de "estômago" e "sprito" (*ah, adorava essa!*) no lugar de espírito, em posição de desvantagem, não.

Aparentemente, o homem trabalha em uma fazenda e ligou pra avisar que faltava ração para o gado. Claro que imediatamente achei que tinha sido engano; que ele, na verdade, queria era falar com o meu sogro. Tentava explicar isso, quando Seu Vasintão me afirmou, depois de um longo tempo – estava mesmo difícil de entender –, que aquele número lhe tinha sido dado pelo próprio Seu Fernando.

Foi então que me lembrei de que agora era latifundiária. Após alguns instantes de indecisão, disse que mandaria o dinheiro para o contador de Seu Fernando, que tem escritório numa cidadezinha de Goiás, a poucas horas, se não estou enganada, das minhas próprias terras. Apesar de nem eu nem Armando nunca termos nos envolvido com os negócios das fazendas, nós temos uma caderneta telefônica, que meu ex-marido gostava de chamar de "caderninho da chateação", com os telefones dos contatos rurais de Seu Fernando, pra podermos resolver as coisas em caso de necessidade.

Liguei para o contador, peguei o número da conta do banco e saí na carreira pra fazer a transferência antes de ir trabalhar. Fui multada no caminho, tenho quase certeza, por um maldito pardal, e ainda tive que enfrentar uma longa fila até alcançar o caixa. Cheguei ao serviço atrasada e com cara de poucos amigos.

Dia 13

Hoje me encontrei com Marcos. Mal acreditei quando o vi. A última vez tinha sido logo antes da separação, uns dois meses e meio atrás. Me senti como uma adolescente e, pra falar a verdade, não gostei nada. Em primeiro lugar, porque, obviamente, eu não sou mais uma jovenzinha em busca do primeiro amor. Em segundo lugar, porque acho que estou fantasiando algo que não existe, nem da parte dele, nem da minha também. De qualquer forma, exibi bem a mão esquerda enquanto jogava tênis com uma amiga. Até mesmo acenar pra uma platéia imaginária, eu acenei. Decidi que pelo menos conversar com ele eu haveria de conversar. Vai que ele só abre a boca pra falar idiotice. Eu estou certa de que aí a fantasia termina bem rapidinho.

Deixei a Academia desanimada por não ter atingido o meu objetivo. O homem nem mesmo estava por perto quando a partida terminou. Tenho a impressão de que foi embora quando eu estava ainda no início do jogo. Pelo menos, a última vez em que o avistei foi no intervalo do primeiro set. Acho que foi melhor assim. Talvez ele não tenha presenciado o mico de me ver acenando para um público ausente.

Dia 14

Hoje chegou a fatura do cartão de crédito. É a segunda vez desde a separação. Tudo normal, se eu não tivesse comprado o Patek Philippe de Armando no meu cartão. Mês passado eu dei um jeito de pagar. Este mês acho que terei de pedir um reforço de caixa para o dito cujo. Ele nunca foi mesquinho. Duvido que comece agora.

Dia 15

Armando depositou oito mil na minha conta. Disse que era um extra até as coisas se equilibrarem. Resolvi quitar o cartão.

Dia 16

Seu Oripes veio me avisar que Arnaldo, o cachorro, está com pereba. Eu já havia visto ele se coçar, mas meio que havia ignorado, esperando que sarasse sozinho. O Zé Luís, o outro cachorro, graças a Deus está bem. Espero que a coisa não pegue.

Dia 17

A tal pereba não era contagiosa. Mandei Seu Oripes levar os dois cachorros ao veterinário, e Arnaldo voltou raspado. Está ridículo, mas eu tentei não rir na frente dele pra não ferir o seu ego canino.

A veterinária passou uma lista enorme de remédios, incluído aí um shampoo caríssimo com o qual Arnaldo deve tomar banho toda semana. Pensei em ligar pra Armando e perguntar se poderia incluir nas obrigações do motorista os banhos nos cachorros – são parcos os meus conhecimentos sobre direitos trabalhistas. Ou talvez, quem sabe, pudesse mandar Davi fazer isso. Afinal, teoricamente, os cachorros pertencem a ele, mas estou com medo do emburro e do mau-humor.

Humm... será que aceitam animais em apart-hotel?

Solução achada: Kris Kelly se incumbiu dos animais, por conta própria e com a cara melhor do mundo. Eu não disse que ela era um amor? Esta semana mesmo não estragou nenhuma roupa minha. Eu tenho sempre sorte com empregados.

Dia 18

Armando ligou pra marcar encontro comigo no escritório do Mauro, primo dele, que é advogado. Caprichei no visual. Não queria que ninguém achasse que a separação estava acabando comigo. Resolvi que de agora em diante todos só me verão no melhor dos visuais. Nada de andar desleixada como no dia em que almoçamos no Porcão.

O encontro foi muito tranqüilo. Resolvemos a divisão dos bens. Fiquei com a casa no Lago Sul e mais um apartamento que está alugado, mal. Armando se propôs a pagar uma boa pensão a Davi, até que ele se forme na universidade. Os cinqüenta mil dólares guardados no cofre do banco serão divididos meio a meio – eu sei que você vai me achar gananciosa, mas tinha tido a esperança de que ele abrisse mão das verdinhas. Eu fiquei com o Jeep da Mercedes e o Civic usado pelo motorista. Armando ficou com a BMW. Ele ainda terá de passar lá em casa pra pegar as coisas que ficavam no escritório dele – e que, acho, agora se transformará em quarto de hóspedes – e alguns últimos objetos pessoais. Pediu pra ficar com as duas pinturas de Miró e com o aparelho de home theater. Claro que não tive como dizer não, apesar de ter um certo xodó pelas pinturas. Pelo menos ele não se interessou pela coleção de cristais murano, o que, reconheço, foi um alívio, pois comprei pessoalmente cada peça nas várias viagens que fizemos a Veneza. Além disso, confesso que tenho certo orgulho dos meus cristais que já foram até matéria de uma revista da cidade. Eu sei que esse negócio de coleção é coisa de gente meio fresca – e talvez por isso Armando não tenha se interessado por ela. Por sorte, ele parece não ter lembrado que, no mínimo, as peças podem alcançar um bom preço no mercado brasileiro.

Você deve estar pensando aí que somos muito sofisticados, não? Não, na verdade não. Quer dizer, Armando até é. Eu, na realidade, finjo que sou. É que, em vários aspectos, não foi muito fácil ser esposa de Armando. Ele, às vezes, pode ser bem esnobe. É preocupadíssimo com o que os outros vão achar e, por isso, sempre fez questão de que tudo aqui em casa fosse caprichado ao extremo. Por conta do trabalho dele recebíamos muitas pessoas. Tudo bem. Mas essa preocupação sempre foi um tanto desmedida. O fato, enfim, é que, bem ou mal, tive que me ajustar aos padrões dele.

Depois do advogado, marquei com as minhas amigas no Bier Fass do Pontão. Apesar de ter ficado bem enquanto estava resolvendo as coisas com Armando, agora me sentia um pouco triste. As meninas me animaram e, seguindo o exemplo delas, passei a flertar com todo e qualquer homem que aparentasse estar disponível. Foi uma pena que Marcos não estivesse lá.

No final da noite, recebi o meu primeiro torpedo. Quando o garçom me entregou o papelzinho, eu não entendi nada. Achei que era a conta. As meninas, claro, gozaram de mim até não poder mais. Até mesmo Carla, que sempre foi a mais certinha, se achou no direito de rir da minha ignorância.

Todas se amontoaram em cima de mim pra ler o bilhete.

Você é muito bonita, o seu riso contagiante. Posso pagar uma bebida pra você? Estou na entrada do bar, de camiseta preta.

Olhamos, as quatro, ao mesmo tempo. O rapaz sorriu e acenou pra mim.

Eu franzi o cenho e perguntei, baixinho:

"Quantos anos vocês acham que ele tem?"

"Não mais de vinte e cinco", respondeu Isadora.

"Talvez menos", arriscou Lúcia.

"Eu sou muito velha pra ele", afirmei, enfática.

"Dá um tempo, Bia, ninguém está falando de casar não. O negócio é só dar uns amassos e pronto", disse Carla, impaciente.

E continuou:

"Ele é até bem bonitinho... repara na boca..."

Mais uma vez as quatro voltaram os olhos ao rapaz, que parecia se divertir com a nossa inspeção. Ele levantou uma das sobrancelhas, como se perguntasse se eu aceitava o convite.

"Vai, Bia", incentivou Lúcia.

"Não dá, gente, eu não vou ter nada pra falar com ele."

"Deixa de ser ridícula, mulher... afinal, você passou a noite inteira flertando pra quê?", perguntou Lúcia.

"Eu não me lembro de ter flertado com ele", me defendi.

"Tô achando que eu flertei", afirmou Isadora.

Caímos todas na gargalhada.

"Se você demorar muito, ele desiste", disse, afinal, Carla.

Eu juntei minha coragem e me levantei da cadeira.

"Se eu prender o cabelo num rabo é o sinal pra me chamar no celular... parem de beber e prestem atenção, pelo amor de Deus."

Logo no início da noite, nós havíamos conversado sobre as formas de umas ajudarem as outras a sair de uma situação complicada. A tal ligação para o celular, simulando alguma emergência, havia sido a escolhida.

Fiquei perto de quarenta minutos conversando com o rapaz, que se chamava André. Não consegui descobrir a idade dele, mas achei que era algo por volta de vinte e cinco mesmo. Ele era recém-formado em arquitetura e trabalhava em um famoso escritório de Brasília. Achei o papo dele até bem interessante mas, com medo de as minhas amigas me abandonarem – passava das onze e, com o canto do olho, tinha surpreendido Carla bocejando umas duas vezes – prendi o cabelo.

Saí do bar meio que às pressas, pois minha irmã – eu sou filha única – estava com o pneu furado no meio da rua. Depois, pensando melhor, achei a tal desculpa ridícula, afinal qual a ajuda que eu poderia dar se todo mundo sabe que mulher não troca pneu? Me desculpe se você aí acha que tal façanha é possível mesmo...

Cheguei em casa pouco antes da meia-noite, com o cartão de visita de André – Luís Carvalho – na bolsa; o telefone de casa e o celular anotados no verso.

Nada mal pra uma primeira vez.

Dia 19

Fiquei achando que você ia achar que eu sempre fui muito recatada ou coisa assim.

Mas é que o Armando foi o meu segundo namorado. Eu sempre fui meio tímida e envergonhada pra chegar nos rapazes.

Humm... pensando bem, talvez por isso essa minha dificuldade de me aproximar de Marcos...

Conheci o Armando quando estava me preparando para o vestibular. Ele tinha uma pequena escola de informática e eu fui lá pra fazer um cursinho rápido. Nos apaixonamos quase que imediatamente. Em dois anos eu estava casando, grávida, antes mesmo de me formar no curso de Direito (*claro, afinal, pelo que eu saiba, ninguém se forma em Direito no espaço de dois anos*). Quando Davi completou cinco anos, nós nos mudamos para os Estados Unidos. Armando havia recebido um convite pra trabalhar em uma empresa de informática em Atlanta. Nos mudamos sem nem pensar duas vezes. Eu sempre tive vontade de morar um tempo no exterior e pra Armando, profissionalmente, aquela era uma grande chance.

O fato é que eu nunca tive muita prática com esse jogo da conquista – apesar de, pessoalmente, achar que me saí bastante bem ontem à noite.

Eu aprendo rápido, você vai ver. Marcos que se cuide!

Dia 20

Davi e eu passamos o domingo na casa de meus sogros. Foi ótimo, como sempre. Pela primeira vez eles me perguntaram se eu achava que haveria possibilidade de eu e Armando nos reconciliarmos. Disse que achava difícil; que Armando parecia muito determinado quando me deu o pé na bunda. Bem, não usei essas palavras, mas a idéia era essa – eu sei, eu sou mesmo uma filha da puta.

A falha de Armando é ser meio afastado dos pais. Nunca consegui entender isso direito. Acho que é trabalho pra anos de terapia. Bastaria uma palavrinha dele pra Seu Fernando e Dona Berenice entenderem que somos, nós dois, os responsáveis por aquela separação. Será que cabia a mim desfazer o mal-entendido? Na dúvida, achei melhor ficar calada.

Dia 21

Marcos sorriu pra mim na Academia. Eu o cumprimentei com um "oi" dos mais sem graça e passei direto. Eu sei. Sou ridícula e idiota. Quando me convenci disso, porém, já era tarde demais. Ele tinha ido embora. Até dei uma olhada, disfarçada, no estacionamento, mas nada! Aliás, por acaso já mencionei que sei a placa do carro dele de cor? O detalhe é que nem mesmo a minha eu sei. *Ai, ai, será que estou mesmo apaixonada?.*

Dia 22

Encontrei-me com André hoje. Ele ligou e perguntou se eu não gostaria de dar uma chegada na "Casa Cor", pois o escritório dele estava expondo um ambiente. Fui sem hesitar. Resolvi ser mais atirada. Decidi que tenho que treinar com André pra poder acertar com Marcos.

O menino tem talento, gente! A parte do ambiente que ficou por conta de André – pelo menos ele me jurou que foi trabalho só dele – estava bem transada. Gostei mesmo.

André me acompanhou até o carro e, de despedida, me lascou um beijo na boca. Achei muito gostoso. Ele sabe beijar.

No caminho de volta, fiquei pensando que, afinal, ele não é tão mais novo que eu, não... talvez seja caso de dar uma chance ao garoto. Estou cansada desse meu caso (*caso???*) com o Marcos.

Dia 23

Eu e Davi passamos o final de semana em uma das fazendas dos meus sogros – a mais próxima de Brasília e a mais bem cuidada de todas. Foi agradável, com exceção da parte em que Seu Fernando me levou pra conhecer o meu latifúndio. A fazenda parece legal, pelo menos tem água, que eu sei que é item fundamental pra qualquer empreendimento rural dar certo. É o que sempre ouço Seu Fernando dizer. A parte de que realmente não gostei foi a de ver os pobres bezerros pastando tranqüilamente sem saber que o fim está próximo. Saí de lá com uma coisa ruim no peito. Se eu não gostasse tanto de carne, pensaria seriamente em me tornar vegetariana.

Dia 24

Ligaram da escola. Davi parece ter quebrado o dedo jogando basquete. Saí do trabalho esbaforida e fui levar meu menininho pra tirar raio x numa clínica particular da cidade. Por sorte o dono é muito amigo de Cláudio, meu ex-cunhado, e tivemos um atendimento vip. Davi saiu de lá, uma hora depois, com o dedo imobilizado e a recomendação de usar a tala por quinze dias. Por sorte só teve uma luxação. Eu não voltei para o trabalho. Me senti na obrigação de passar o resto da tarde lambendo a cria, o que significa dizer que amanhã terei que trabalhar na parte da manhã também.

Ó vida dura!

Dia 25

Acho que passei pelo menos trinta minutos ininterruptos beijando André. Fomos ao cinema mas, pra falar a verdade, o que menos vi foi o filme. O menino tem uns beijos gostosos ainda que, em certos momentos, tenha tido a impressão de que com mais um pouquinho aquela língua afoita poderia muito bem alcançar minha traquéia. Confesso, porém, que foi a endoscopia – ou quase endoscopia

– mais prazerosa por que já passei. Só percebi que tinha perdido a noção do tempo quando a luz do cinema se acendeu. Apesar de estar querendo assistir aquele filme há um bom tempo, não me arrependi dos amassos. Felizmente não demos vexame. A sala estava quase vazia.

Dia 26

Passei quase duas horas no telefone com Lúcia. A coisa entre eu e André está esquentando e algo me diz que acabará na cama. Não sei se estou preparada pra isso. Fico nervosa só de pensar. Lúcia aconselhou que eu me depilasse.

Dia 27

Kris Kelly desentendeu-se com Seu Oripes. A faxineira me deu uma resposta atravessada e meu computador acabou de escangalhar. Esta semana promete ser muito difícil.

Dia 28

Hoje assinamos a separação na frente do Juiz. E só então, enquanto olhava o homem com a capa de batman na cadeira alta da sala de audiências, é que me dei conta de como tudo passou tão rápido! Eu e Armando estamos separados há quase cinco meses. Eu estou bem, ele está bem e, mais importante, Davi está bem. Não fiquei nervosa ao assinar o documento nem deprimida quando tudo se acabou. Saí de lá me sentindo livre, leve e solta, principalmente após arrancar de Armando a promessa de que daria uma checada no meu computador.

A vida é bela!

Dia 29

Aconteceu. Eu e André... sexo.... aqui em casa. Na verdade não tinha a menor intenção de que acontecesse na minha casa. E, muito menos, na cama que, por anos, dividi com Armando. Mas a coisa começou a sair de controle e, antes de eu poder sugerir que fôssemos a um motel, André já estava tirando a minha roupa com grande entusiasmo. Claro que Davi não estava em casa. Você não achou que eu faria isso com o meu filho em casa, achou? Ele tinha ido passar o final de semana com o pai.

Eu não disse, mas André é bem bonitinho. Tem uma cara ainda meio que de menino, e um sorriso largo e cativante. Os olhos e os cabelos são escuros e ele não é muito alto, por volta de um metro e setenta e cinco.

Foi fisicamente bom. Os beijos foram gostosos, os carinhos excitantes, o sexo cheio de gozo. Não cheguei a me sentir emocionalmente ligada a ele e não sei se isso foi bom ou ruim. O que sei é que me fez lembrar um pouco de Armando. Em como estávamos no final de nosso casamento. E aí bateu uma dúvida: será que além de ter dificuldades em manter um relacionamento, agora tenho problemas pra iniciar um também? É verdade que esse meu envolvimento com André ainda é muito recente pra esperar por algo a mais. Se é que eu quero algo a mais.

Dia 30

Passei o dia atendendo telefonemas de minhas três grandes amigas. Queriam saber detalhes sobre a noite. Contei tudo, mesmo tendo a impressão de que deveria ter sido um pouco mais discreta. Fiquei imaginando se André estaria fazendo o mesmo.

Dia 31

Kris Kelly e Seu Oripes voltaram às boas. Claro que tive que intervir na situação. Aparentemente, Seu Oripes havia mencionado que a esposa dele fazia feijoada melhor do que a da Kris Kelly, e aí a coisa se complicou. Kris Kelly não se importa se alguém menciona os seus vários pontos fracos no trabalho, que já enumerei em algum ponto aí pra trás, mas a parte da cozinha propriamente dita é questão de honra. E, realmente, é aí que se encontra a excelência de Kris Kelly. Ela cozinha muito bem, e gosta do que faz.

É claro que eu poderia contratar alguma outra pessoa pra ajudar aqui em casa, de forma que Kris Kelly ficasse só com a cozinha. E com os banhos nos cachorros. Mas é que, além de detestar gente que não conheço dentro de casa, contratar outra empregada significa ter que despedir a faxineira – eu não tenho serviço pra três, mesmo que uma delas venha somente uma vez por semana. O problema é que eu não poderia despedir a Jacilene, que trabalha na mamãe há vinte anos e está comigo desde que eu voltei dos Estados Unidos. É que, nas vezes em que eu e Armando temos que viajar, é ela quem fica tomando conta da casa. Chega com várias trouxas e com o inseparável papagaio, Juvenal, debaixo do braço. Sem ela eu não poderia deixar Brasília, nem que fosse pra dar uma chegadinha no meu latifúndio. Ah, e sim, ela é muita boa na limpeza também.

Mas não fique achando que os meus interesses são sempre escusos. Ou, pensando melhor, se são, fique certo de que a vantagem financeira recebida é sempre muito boa. É que eu tenho essa filosofia de vida, você vê, de que não precisamos sair Brasil afora pra procurar pessoas que precisem de ajuda. Nós as temos aqui do lado mesmo, cozinheiras, faxineiras e jardineiros que ganham míseros salários mínimos e que devem – justificam-se muitos patrões – se considerar sortudos pelo emprego de dinheiro minguado. Então, a minha teoria é a seguinte: pago os meus empregados MUITO bem – a ponto de ter, na maior parte das vezes, de mentir às minhas amigas, pois muitas já reclamaram que eu inflaciono o mercado – mas, em contrapartida, não dou qualquer esmola, auxílio, ajuda, trocado ou qualquer outro nome que se dê a isso, na rua. Não participo de campanha alguma, nem patrocinada pelo governo nem por ONG também. A minha parte pra uma melhor distribuição de renda acontece mesmo é dentro de minha casa. Eu não tenho empregados que sobrevivem mal e precariamente com o pagamento que recebem. Todos que trabalham pra mim sabem que, ao final do mês, receberão um salário dos mais justos.

Então tenho empregados fidelíssimos, pelo menos essa é a regra. Sem dúvida a exceção fica por conta do motorista anterior cujo comportamento ainda não consegui entender. Nas poucas vezes em que precisei contratar alguém, eu nunca passei por dificuldades. A notícia de que a dona da casa da esquina precisa de empregado corre solta na minha rua. No dia seguinte já tenho fila de pretendentes na minha porta.

Isso aconteceu também quando, recentemente, tive que contratar o novo motorista. Por sorte, porém, Armando resolveu se incumbir de entrevistar os candidatos. Acho muito doloroso ter que dizer não pra alguém.

O fato é que agora está tudo em paz aqui em casa. Kris Kelly está alegre e Seu Oripes bem-humorado. O meu computador voltou a funcionar – já comentei que Armando esteve aqui logo no dia seguinte à oficialização da separação? – e eu pude digitar a parte da história que tinha sido obrigada a escrever à mão.

Em tempo: antes de Armando sair, eu, que já há algum tempo vinha me sentindo culpada, perguntei se ele ainda precisava de ajuda pra tal compra do apartamento. Ele disse que contratou um corretor. Aproveitou e deixou comigo o cartão de visitas de um cara que conserta computadores em casa. Entendi direitinho o recado.

Dia 32

Peguei uma bruta de uma gripe e tirei dois dias de licença do trabalho. Mandei Davi pra casa do pai e fui pra casa dos meus. Nada como um colo de mãe pra gente sarar bem rapidinho.

Dia 33

O caso com André continua indo bem, mas, confesso, ainda não me esqueci do Marcos. Pensando nisso, aliás, é que resolvi criar outras oportunidades pra novos encontros com ele, o que significa dizer, jogar mais tênis, já que eu não tenho nenhuma idéia de onde posso encontrá-lo, fora a Academia.

Assim apareci lá todos os dias desta semana. Não o encontrei, nem mesmo nos dias em que supostamente ele estaria lá. Tomei coragem e perguntei a alguns conhecidos. Dos poucos que sabiam a quem eu me referia, somente o meu professor parecia ter notícias: disse que achava, se não estava enganado, que ele teria dito que passaria alguns dias fora da cidade. Ou seja, a certeza passou longe. Trabalho perdido.

Dia 34

Saí hoje com André e alguns amigos dele. Achei meio sem graça. Terminamos a noite num motel. Essa parte foi boa. Fisicamente boa.

* * * * *

Dia 35

Hoje foi aniversário de Isadora. Após a saída da maior parte dos convidados, ficamos ela, Carla e eu conversando sobre o meu relacionamento com André. Elas acham que eu deveria investir mais no menino e esquecer Marcos. Programamos um jantarzinho na casa de Lúcia, que não estava lá, mas que, das minhas três amigas, tinha o maior apartamento, pra que elas pudessem conhecê-lo melhor. Fora o Bier Fass, elas somente o tinham encontrado no casamento de Zélia e Jorge – sim, acabamos descobrindo que temos conhecidos em comum. Pelo que parece, simpatizaram com ele, o que, convenhamos, é um excelente ponto de partida pra qualquer relacionamento.

No caminho pra casa, fiquei pensando se queria mesmo construir alguma coisa com André. Ele é legalzinho, e nós nos damos bem, mas não temos paixão um pelo outro. Se eu e Armando estávamos apaixonados quando começamos, e a coisa deu no que deu, começar outro relacionamento com menos do que isso parece suicídio.

Passei os dias seguintes encucada com isso.

Dia 36

Tive o meu primeiro desentendimento com André, por uma bobagem. Pedi um tempo e ele nem pareceu muito espantado. Resolvi me dedicar mais ao meu trabalho e ao meu filho. Não quero ficar parecendo uma cadela no cio, desesperada à procura de um par.

Dia 37

Avistei Marcos. Ele estava no final de uma partida, pelo menos era o que o suor da camiseta indicava, e ganhando. Tive a impressão de que ele sorriu pra mim, mas, confesso, pode ter sido só imaginação. Não nos falamos. Quando ele acabou, eu iniciava a minha aula. Até pensei em sair da quadra pra beber água ou pra simular uma ida ao banheiro, mas achei que não pegava bem, pra não dizer que era ridículo. Quem sabe eu tenho mais sorte da próxima vez?

Dia 38

Estou sem fôlego! Você vai cair duro quando souber o que aconteceu!

Falei com Marcos! Não só falei, mas, pra ser mais precisa, fiquei horas na companhia dele! Horas!!!

A coisa aconteceu assim:

Eu estava no Salão do Clube da Aeronáutica, na festa de formatura de uma de minhas primas mais novas, quando ouvi uma voz cheia de hormônios atrás de mim:

"Você é a Bia, não é?"

Virei-me sem muito saber quem iria encontrar – se você se lembra, eu até então nunca havia falado com Marcos, só trocado um ou dois "ois" em ocasiões nas quais eu ficava muito nervosa pra ouvir direito a resposta.

Bem, você pode bem imaginar o choque quando o vi ali, parado a pouca distância de mim e, mais, *falando* comigo.

Jesus Cristo!!! Ele tá falando comigo!!!

Minha Virgem Maria, o homem sabe o meu nome!!!

"Marcos...", foi só o que consegui balbuciar.

Ai, não teria sido melhor dar uma de desentendida e fingir não saber quem ele era?

Ele sorriu e me estendeu a mão.

"É um prazer te conhecer, Bia."

Eu apertei a mão – linda, forte e bronzeada – que me era oferecida e disse a primeira coisa que me veio à cabeça.

"Nós dois jogamos na Academia."

Ele assentiu com a cabeça e – infelizmente – liberou a minha mão.

"Eu queria ter conversado com você ontem, mas não podia esperar o seu jogo acabar."

"Verdade?" E perguntei, sentindo a minha velha confiança voltando:

"Sobre o quê?"

"Eu pretendia te convidar pra sair."

Eu sorri, me sentindo muito, muito bem.

"Eu adoraria sair com você, Marcos"

Agora já não estava tão arrependida de ter deixado o nome dele escapulir tão fácil da minha boca. Se ele pretendia agir rápido, não era eu que ia tornar as coisas difíceis.

Ele sorriu novamente – sorriso lindo e sexy – e segurou a minha mão esquerda.

"Quer dançar comigo?"

Eu assenti com a cabeça.

Ele passou o polegar sobre o dedo que até há pouco tempo carregara a aliança. Parecia estar querendo deixar clara a minha atual situação.

"Eu sou separada", disse, enquanto observava a sua carícia na minha mão.

"Eu sei, eu perguntei para o Hugo."

"Hugo, meu professor de tênis?"

"O próprio."

E continuou, enquanto me puxava pra pista de dança.

"Vamos ver se você dança melhor do que joga."

* * * * *

Eu nem me importei com o comentário. Estava nos braços do homem com quem vinha sonhando há longos meses. Aquela foi uma das melhores noites de minha vida.

Dia 39

Desde ontem só penso em Marcos. André me ligou, mas eu dei um jeito de não atender. Não posso conversar com ele estando com a cabeça cheia dos beijos que eu e Marcos trocamos.

Ah, sim, não tinha falado dessa parte, tinha?

Confesso que, a princípio, fiquei muito decepcionada. Imaginei que Marcos, com aquela boca muito sensual, beijaria extremamente bem. Mas o primeiro beijo foi um fiasco. Ele veio com muito entusiasmo pra cima de mim. Já queria um beijo de língua sem nenhuma outra preliminar. E não é que eu não quisesse um beijo de língua, mas é que eu fui pega meio de surpresa. Eu não abri a boca e os meus dentes se chocaram com os lábios dele. Quando tentamos de novo, eu é que fui agressiva e ele se retraiu. Resultado: os meus lábios é que saíram machucados. A parte boa é que nós dois rimos alto e nos abraçamos no canto do salão. Tentamos de novo, agora com mais calma, e acabou dando certo. Mas a verdade é que continuei com a impressão de que ele queria me comer por inteira. Coisa não necessariamente ruim mas que, sem dúvida, assusta um pouco.

Marcos é um homem muito intenso, acho que não tinha mencionado isso. Talvez porque ainda não soubesse. Pelo rosto dele mesmo, já dá pra saber que ele não é um homem comum. Ele é daqueles que, se alguém estivesse fazendo uma seleção de atores pra, digamos, estrelar um filme violento de luta, daqueles estilo Van Damme ou Schwarzenegger, ele seria selecionado para o papel – provavelmente o do vilão. Não, não estou exagerando.

Ele é desses caras que qualquer um pensaria duas vezes antes de importunar na rua. E isso me atrai absurdamente. Apesar de me assustar um pouco, também.

Nós trocamos telefones, mas ele disse que estará viajando a trabalho pelos próximos dias. Ficou de me ligar assim que chegasse.

Estou pensando agora que, se eu quero mesmo que tudo dê certo com Marcos, eu tenho que dar um fim no lance com André. Não quero começar nada novo deixando algo mal resolvido pra trás. Será que o rapaz vai ficar magoado?

Dia 40

O menino não pareceu muito abalado. Encontrei-me com André, na hora do almoço, em um restaurante a quilo perto do escritório em que ele trabalha. Tinha decorado um textinho – que havia sido visto e revisto por minhas amigas – e, graças ao bom Deus, não me atrapalhei, como em geral acontece. Ele aceitou numa boa, pelo menos aparentemente. Ainda bem que não ficamos juntos por muito tempo, senão tudo poderia ser mais difícil. Com só um mês e meio de relacionamento, e dois encontros na cama, a coisa não foi tão complicada. Por sorte, ele não me perguntou se eu tinha outro – não saberia o que responder. Despedimo-nos como bons amigos.

Dia 41

Hoje é sábado. Passei metade do dia tentando decidir que roupa usar pra minha saída com Marcos e a outra metade me preocupando com o que fazer acaso ele tente me levar pra cama, o que, algo me diz, ele pretende fazer.

Não é que eu não queira e acho que isso nem preciso dizer. Mas é que eu não quero que as coisas avancem muito rápido. Além disso, pra ser bem honesta comigo mesma e com você, eu estou um pouquinho assustada com a possibilidade de fazer amor com ele. Algo me diz que Marcos não vai se satisfazer com o sexo calmo de André e de Armando, não. E eu não sei se estou preparada pra algo muito além do tradicional arroz com feijão.

A roupa também é algo que está me preocupando. Eu quero estar sexy, mas também não quero ser muito ousada a ponto de ele só ter pensamentos libidinosos enquanto estamos juntos. Nós nos conhecemos pouco, você sabe. Só ficamos juntos uma única vez e mais nos beijamos do que conversamos. E eu não quero que, nessa nossa saída, isso aconteça novamente. Quer dizer, é claro que eu quero beijar aquele homem gostoso e, também, num futuro próximo, ir pra cama com Marcos, mas eu quero também ter a oportunidade de conversar melhor com ele.

"Pra quê?", me perguntou Lúcia, ontem, ao telefone.

"Ora, a mulher tem que conhecer um pouco do homem em quem ela está interessada", respondi, fingindo uma certa indignação.

"Você praticamente não conhecia nada do André quando foi pra cama com ele."

"Eu não estava interessada nele, você sabe, quer dizer, André é um amorzinho, mas um menino... e você sabe que eu não nutria grandes paixões por ele."

"E você nutre por Marcos e acha que, por isso, tem que conhecê-lo melhor."

"Eu acho é que não vejo esse provável relacionamento com o Marcos da mesma forma que eu via com André. Talvez eu queira investir um pouco mais nesse aí..."

"Você já está querendo levar a sério uma coisa que nem bem começou, Bia."

"Eu vou pegar leve, prometo, Lúcia, não se preocupe."

Quando desliguei o telefone, não pude deixar de pensar em como as coisas estavam mudando com o passar dos tempos. Minha amiga não achava uma boa idéia eu me envolver muito com Marcos antes de ir pra cama com ele. A teoria dela é que a gente deve fazer sexo com o homem e, uma vez que dá certo e vale a pena, aí, sim, é o momento de passar pra segunda fase do relacionamento: conhecer o outro. Segundo ela, o sexo tem que sofrer uma análise puramente objetiva, o que não pode ser feito se a mulher está emocionalmente ligada ao companheiro. É claro que eu estou aqui, agora, pensando se sou ainda capaz de fazer a tal análise objetiva de que Lúcia fala. Estou pensando se já não é hora de me declarar impedida por suspeição.

Dia 42

A noite foi ótima e não, não houve sexo, pra grande desapontamento de Lúcia, que acha que eu devia estar colaborando pra confirmar a tese dela.

Marcos veio me pegar em casa. Convidei-o a entrar e, enquanto ia ao quarto pegar minha bolsa, ele ficou andando pela sala, observando tudo com grande interesse – pelo menos era o que parecia.

Saímos logo em seguida, não sem antes ele elogiar o pouco que tinha visto da casa. Expliquei que Armando e eu a tínhamos construído logo depois de voltarmos ao Brasil. O projeto era de um casal de amigos arquitetos.

"Minha ex-mulher não quis passar pela trabalheira de uma construção. A nossa casa foi comprada quase pronta, já no estágio final de acabamento. "

"Você ainda mora lá?", perguntei, enquanto entrava no carro.

"Taís ficou com a casa e eu com um apartamento na Asa Norte. Há dois anos eu voltei ao Lago. Agora moro na casa dos meus sonhos."

"E a sua menina? Maria Clara, não é?"

"Sim, Maria Clara... ela mora com a mãe, mas nós estamos sempre nos vendo. Felizmente, eu e minha ex-mulher nos damos bem."

Ele fechou a minha porta e também entrou no carro.

"Como é o seu relacionamento com o seu ex-marido?"

"Por enquanto, tudo bem. A nossa separação foi surpreendentemente civilizada e indolor."

Marcos acelerou o carro e disse:

"Quando eu e Taís nos separamos, eu fiquei muito mal por alguns meses. Mas depois, fazer o quê, a pessoa tem que se recuperar. É bola pra frente que atrás vem gente."

"Sem dúvida", disse sorrindo.

Marcos ficou alguns segundos calado e, com a expressão do rosto repentinamente séria, perguntou:

"Você está separada há muito pouco tempo... seis meses, não é?"

"Quase sete."

"Você ainda sente alguma coisa por ele, Bia?"

"Eu tenho carinho por Armando, Marcos, isso não dá pra negar... nós temos toda uma história juntos e ele é o pai do meu único filho..., mas amor, paixão ou tesão isso não existia mais, acabou muito tempo atrás."

"Você disse que a iniciativa foi dele..."

"Mais um pouco e poderia ter sido minha... as coisas já não estavam funcionando e nós dois sabíamos disso. Digamos que ele foi o mais corajoso."

"Por que você manteve o sobrenome dele?"

"Eu já estava acostumada com o Vilella, e não conseguia me imaginar novamente com o sobrenome de solteira. Além disso, profissionalmente eu sou conhecida com esse sobrenome. Armando disse que não se importava, e o advogado afirmou que não tinha problema. Aí eu continuei como Beatriz Vilella."

Ele ficou calado, e eu continuei:

"Eu acho legal você se preocupar com isso, Marcos. Eu quero que você saiba que, se esse nosso lance não der certo, vai ser por outros motivos que não a minha separação. Fora o Davi, eu não tenho mais qualquer ligação com Armando."

Ele respondeu com a habitual franqueza e objetividade, com as quais eu já estava começando a me acostumar.

"Eu estou a fim de você, Bia, e já há algum tempo... você é uma mulher bonita, inteligente e alto-astral. Eu quero conhecer você melhor, eu quero levar você pra cama..., mas eu não pretendo fazer nada disso, se já souber, de cara, que esse barco está fadado a afundar."

"Ele não está fadado a afundar, Marcos, no que depender de mim, esse barco vai é flutuar por um bom tempo."

Paramos no sinal vermelho. Marcos virou-se, alcançou meu queixo com uma das mãos e aproximou o rosto. O beijo, no entanto, foi quase inexistente. Mais um roçar de lábios do que qualquer outra coisa. Um beijo de borboleta como ouvi uma vez uma conhecida minha comentar. Não sei por que, mas achei promissor.

"Fico contente de saber, Bia."

E aquele foi o primeiro beijo, ou quase beijo, de uma série de dois. Sim, dois – também fiquei meio decepcionada. Por algum motivo, Marcos estava se contendo. Às vezes ele olhava pra mim e eu até arrepiava. Aqueles olhos de Caribe são surpreendentemente intensos. Tinha a impressão de que ele me despia na imaginação.

O segundo beijo aconteceu, algumas horas depois, na porta de minha casa.

"Posso entrar?", ele perguntou, ainda abraçado a mim, enquanto com a ponta do polegar acariciava a parte inferior do meu seio.

Ele não precisava ser mais específico pra dizer que não estava atrás de uma xícara de café.

"Acho que é melhor não."

"Você é contra sexo no primeiro encontro?"

"Esse não é o nosso primeiro encontro."

"Tecnicamente é... naquele outro dia nós nos encontramos por um acaso."

"Eu acho que você é quem deveria estar tentando me convencer de que esse é o nosso segundo encontro, Marcos", disse eu, sorrindo.

"Pisei na bola", concordou ele, com um sorriso rasgado nos lábios.

Ele se afastou de mim e perguntou:

"Jogamos tênis amanhã? Às dez?"

Domingo? Que idéia era aquela? Eu nunca jogo tênis no domingo. Domingos são feitos pra se dormir até muito tarde.

"Claro", respondi, acenando com uma das mãos.

Ele se foi, e eu fiquei ali me recriminando por acabar a noite sozinha, quando podia ter tido um homem interessante ao meu lado na cama.

Dia 43

Logo cedo liguei pra casa de meus pais pra ver como Davi estava. Conversamos um pouco e combinamos almoçar juntos, apesar de me ter passado pela cabeça que o jogo de tênis com Marcos poderia facilmente terminar em almoço. Mas filho é filho, e eu ando me sentindo meio culpada de não dar muita atenção a ele. Assim, Marcos vai ter que esperar.

Jogamos por uma hora. Não consigo evitar de pensar que Marcos se decepcionou um pouco com o meu jogo. Se bem que, logo de cara, eu avisei que era ruim. Tenho a impressão, porém, de que Marcos achou que eu estava exagerando. Quando acabamos, ele se aproximou, um sorriso sexy nos lábios.

"Espero que você seja melhor na cama do que na quadra."

Eu soquei-lhe o estômago, e ele nem mesmo teve a decência de fingir sentir dor. Marcos segurou o meu punho e trouxe-o à boca.

"Você já tem programa para o almoço?"

"Vou sair com Davi", afirmei. E perguntei:

"Hoje não é dia de você sair com Maria Clara?"

"Eu e ela almoçamos juntos ontem... de propósito."

"Como assim, de propósito?"

"Eu tinha esperanças de que nós dois fôssemos dormir juntos e eu não queria nenhum compromisso para o domingo."

E continuou, enquanto beijava os nós de meus dedos:

"Você sabe, quando eu colocar as minhas mãos em você, eu vou precisar de muito tempo pra matar a minha fome..."

Eu ri alto.

"Isso é uma promessa ou uma ameaça?"

"Uma promessa que eu tenho toda a intenção de cumprir."

"Eu sou muito exigente na cama, Marcos... não é qualquer um que consegue me satisfazer."

"Isso é um desafio?"

"Um desafio sim", afirmei, enquanto puxava a minha mão.

Ele se aproximou e sussurrou no meu ouvido.

"Quantas vezes você quer gozar?"

Ulalá, mais direto do que isso era difícil. Mas o que é que eu tinha a perder?

"Duas. É um bom número."

"Duas vezes antes de te penetrar... mais duas dentro de você."

Eu balancei a cabeça, segurando o riso.

"Não prometa o que não pode cumprir, Marcos."

"Meu bem, nem que eu tenha que tomar Viagra."

* * * * *

Eu arregalei os olhos, e ele respondeu, com aquele sorriso sexy nos lábios:

"Estou só brincando, Bia."

E continuou, pra não haver mal-entendidos:

"Quanto ao Viagra, não quanto aos orgasmos."

Deixei a Academia com o rosto afogueado e a calcinha úmida. A única coisa que me passava pela cabeça é que eu esperava que Marcos estivesse lidando com uma desconfortável ereção. Tudo bem, confesso, não era a única coisa. Ao lado disso também estava a imagem de nós dois fazendo amor. Imaginava Marcos com o corpo por cima do meu, unindo-se a mim. Ele me olharia nos olhos e eu sentiria o ar faltar. Seria um instante mágico e especial, como se nós nunca tivéssemos compartilhado aquele momento de intimidade com mais ninguém. Pelo menos, não daquela maneira.

Dia 44

Hoje estava sonhando acordada, me deliciando com a fantasia do Marcos nu, deitado na minha cama, quando recebi outra ligação de Seu Vasintão. Disse que precisava vacinar os bezerros. Prometi mandar dinheiro para o contador de Seu Fernando. Eu sei que, mais cedo ou mais tarde, terei que resolver esse problema, mas, por enquanto, não estou com cabeça pra nada, além do meu romance com Marcos.

Os tais quatro orgasmos ainda não aconteceram. Não pude voltar a me encontrar com Marcos no domingo. Já havia prometido, e meio que esquecido, que sairia com a minha mãe. Passamos grande parte da tarde na Feira da Torre. Compramos algumas bobagenzinhas e lanchamos no Marieta Café do Lago. Quando cheguei na casa dela, pra pegar Davi, que tinha ido andar de caiaque no lago com o avô, o meu celular tocou. Era Marcos. Meu coração disparou, mas eu tentei não dar uma de adolescente e ficar gaguejando. Além disso, minha mãe estava ao lado e eu não queria, ainda, que soubesse que eu estava saindo com alguém. Ela não tinha sabido nada sobre André e não havia motivos pra que soubesse, pelo menos agora, sobre Marcos. Falei com Marcos como se falasse com um amigo qualquer. Combinamos de sair na quinta-feira. Ele estará em São Paulo de segunda a quarta. Desliguei sem conseguir parar de imaginar nós dois fazendo amor.

E, como já disse, ainda pensava nisso quando deixei a cama, nesta segunda-feira, ainda meio trôpega de sonhos, pra atender o telefonema do tal Seu Vasintão. Depois de solucionado o caso, e de ter feito uma anotação mental pra passar no banco antes de ir para o trabalho, dei uma checada em Davi, que se arrumava pra ir à escola com Seu Oripes, e entrei no banho frio pra ver se eu conseguia dar uma acalmada em minhas impuras fantasias.

Hoje eu tenho horário marcado no cabeleireiro. Cabelo, pé, mão e depilação. Se vou sair com Marcos na quinta, eu tenho que estar preparada. Até pensei em deixar minha ida ao salão pra quarta-feira, ou pra quinta mesmo. Mas é que hoje eu estou me sentindo meio lixo. E começar um dia difícil como segunda-feira já se sentindo meio pra baixo não é uma boa estratégia. Além disso, eu gosto de deixar pra fazer na segunda coisas que me dão prazer, como, por exemplo, usar uma roupa ou sapato novos, arrumar o cabelo ou pintar as unhas. Até mesmo uma coisa chata como depilação está valendo. Eu me sinto muito bem quando deixo o salão sabendo que minhas partes pudendas – sempre adorei essa palavra pra descrever o que os americanos chamam de down there – estão tal e qual a das modelos que posam pra Playboy.

De qualquer forma, enquanto deixo o chuveiro, penso que terei de voltar ao salão pra, pelo menos, fazer outra escova na quinta-feira. Não dá pra sair com alguém, com quem você tem grandes expectativas de engatar um romance promissor, se a sua escova está com o prazo de validade vencido.

Suspiro. Esse Marcos já está começando a me dar despesas.

* * * * *

Dia 45

Não me lembro de uma semana que passasse tão devagar como esta. Hoje é terça-feira, mas eu já me sinto como se fosse o final da sexta, mas sem o entusiasmo natural do pré-sábado. Estou cansada e aborrecida. As coisas estão difíceis no trabalho – o chefe não anda em seus melhores dias – e também em casa. Mas desta vez não é problema com os empregados e, graças a Deus, nem mesmo com Davi. O que aconteceu é que os eletrodomésticos resolveram encrencar todos ao mesmo tempo. A máquina de lavar se recusa a funcionar e a geladeira começou a fazer um barulho estranhíssimo. Semana passada já tinha sido o liquidificador – que nem considerei consertar, já fui logo comprando outro. Desta vez, porém, acho que não posso nem pensar em fazer a mesma coisa com as duas máquinas. Tenho que aprender a controlar melhor os meus gastos. Apesar do dinheiro que Armando deposita mensalmente em minha conta, para as despesas com Davi, eu ando um pouco apertada. Eu não quero ter de entrar no cheque especial. Talvez eu venda alguns dólares.

Liguei pra assistência técnica e o rapaz ficou de mandar alguém amanhã de manhã. Enquanto o técnico não chega, mandei Kris Kelly desligar a geladeira e levar os congelados pra casa da vizinha, que é mais ou menos amiga.

Quando pensei que os problemas estavam em vias de serem resolvidos, Seu Oripes entrou com a notícia de que o Civic está com o cano de escapamento furado. Eu disse que a gente podia esperar um pouco pra ver se o defeito sarava sozinho e, ignorando a expressão de incredulidade do motorista, entrei no meu quarto.

E antes que você também me ache abilolada, já vou dizendo que eu não estou de brincadeira, não. Na verdade, há tempos que eu tenho essa teoria de dar um prazo pra que a coisa se resolva por si só. Garanto que, em pelo menos quarenta por cento das vezes, dá certo. Isso aconteceu, mais ou menos recentemente, com a televisão do quarto de Davi e com o aparelhinho de Armando de massagear as costas. Quanto à televisão, foi só deixar a bichinha esfriar – estava ligada, pelos meus cálculos, há mais de seis horas – que ela voltou a funcionar. Já quanto ao massageador, o negócio foi mesmo miraculoso, não se levando em conta as chacoalhadas que eu dei no aparelho. Num instante, ele se recusava a funcionar, no outro, já funcionava direitinho. Posso afirmar que, a partir daí, Armando, que é fã do tal aparelhinho, passou a me olhar com outros olhos.

Dia 46

Armando acabou de me assegurar que não há a mais mínima possibilidade de o cano de escapamento do Civic sarar sozinho. Estávamos conversando sobre a viagem que ele quer fazer com Davi nas férias, quando eu consegui encaminhar o assunto para o tal problema do carro. Na verdade, a intenção era tentar convencer Armando de que, caso a minha teoria do "sara sozinho" não funcionasse, ele devia pagar pelo conserto, já que o carro é utilizado única e exclusivamente para o transporte de Davi. Bem, devo dizer que não deu certo. É que Armando, talvez antecipando aonde aquela conversa toda ia dar, já foi logo avisando que, dada a compra do apartamento na Asa Sul – eu tinha mencionado que ele comprou um puta de um apartamento? –, ele não poderia me arrumar nenhum dinheiro além do que já mensalmente depositava na minha conta.

Conversando com minha mãe sobre isso, cheguei à conclusão de que, realmente, preciso controlar as minhas despesas. É que, você vê, eu nunca tive que passar por isso antes; toda a vez que o dinheiro da minha conta se aproximava perigosamente do saldo devedor, era só avisar Armando e esperar pelos depósitos salvadores.

* * * * *

Pensando bem, acho que eu não ganho tão bem como imaginava. E só agora é que estou me dando conta disso. A verdade é que, mesmo com o minguado dinheiro do aluguel do apartamento da Asa Sul e a generosa mesada de Armando, é sempre necessária uma ginástica financeira pra pagar todas as contas e evitar de entrar no cheque especial. É claro que as maiores despesas são com o Davi. A escola bilíngüe em que estuda é absurdamente cara. Além disso, ele faz aula de trompete, natação e hipismo – graças a Deus a manutenção do cavalo ficou por conta de Armando. E, sim, quase me esqueci, a tal aula de reforço de português, pra qual vai sempre de cara amarrada, segundo me dedou Seu Oripes.

Ainda, como todo adolescente, Davi quer roupas transadas, de preferência de marcas consideradas maneiras pela turma. Segundo bem me lembro, a última vez em que fiz compras com ele foi há dois meses e pouco; ontem, porém, ele veio reclamar comigo que não tinha o que vestir. Fazendo a contabilidade, de pé, na frente do armário dele, achei que, mesmo levando em consideração as duas camisetas que Kris Kelly manchou com água sanitária – produto que desde o mês passado não entra mais em casa –, Davi ainda tem muita roupa maneira pra usar. Tive que dizer não pra ele, que saiu resmungando alguma coisa relativa a ir pedir para o pai – com o que não me importo, absolutamente.

Bom, já que falei das despesas de meu filho, nada mais justo que também conte das minhas. Além das aulas de tênis e de musculação, faço um curso de cerâmica todas as quartas-feiras no final da tarde. Vou ao cabeleireiro uma vez por semana e faço massagem pelo menos a cada quinze dias. Gosto de comprar roupas e, principalmente, sapatos. Vou confessar: o meu sonho de consumo é ter um closet como o de Imelda Marcos, a esposa do ex-ditador das Filipinas, que era louca por sapatos. A minha coleção, infelizmente, é, ainda, uma pálida imitação da dela, apesar de Armando, por anos, ter me garantido que eu acabava chegando lá.

* * * * *

Eu sei que você está tendo uma idéia de mim não muito lisonjeira; algo perto do fútil e do superficial. Bem, talvez seja por aí mesmo, eu nunca disse que você devia esperar coisa muito melhor.

Mas eu sou simpática, divertida e uma ótima amiga. Pelo menos é o que dizem as minhas. E já que estamos nisso, eu me considero uma pessoa generosa e bastante justa. Isso deve servir pra contrabalançar um pouco as coisas, não?

Mas tudo bem, sério agora: a verdade é que não tenho tantos pontos positivos, não. E eu sei disso simplesmente porque, um dia em que não tinha nada pra fazer, comecei a listar as minhas qualidades e os meus defeitos. E a coluna dos defeitos tinha quase o dobro do tamanho da outra. Fiquei deprimida e, por algum tempo, tentei trabalhar as minhas falhas. Até que Carla comentou que eu estava diferente, que eu parecia estar sempre prestando atenção no que ia falar ou fazer. E quando ela disse que a Bia de agora tinha perdido muito da graça e da originalidade, e que estava com saudades da outra, eu, então, resolvi largar mão. Posso até tentar melhorar como pessoa, mas sem querer me livrar de mim mesma. É que a Bia é tudo isso mesmo, muita coisa misturada. Eu sou feita de contradições e incoerências. De pontos altos e baixos. Como todo mundo, aliás. Ainda que, às vezes, pra mim, o meu poço pareça mais fundo do que o dos outros.

Enfim...

Voltando ao assunto despesas. Outro grande gasto fica por conta da manutenção da casa e pagamento dos empregados. Quanto a esse ponto, no entanto, não há nada o que possa ser mudado, já que eu não quero despedir ninguém e nem mesmo me mudar daqui. É verdade que, pela minha cabeça, anda passando a idéia de que a casa é muito grande pra duas pessoas. Mas essa idéia eu trato de afugentar rapidinho.

E tem também, agora me lembrei, o meu latifúndio. Como parece que a coisa não vai se resolver tão cedo, o jeito é também colocar, pelo menos por hora, a manutenção daquelas terras na odiável coluna das despesas.

A solução, enfim, é óbvia: preciso ganhar mais. Como não dá pra chegar para o meu chefe e pedir um aumento – lembre-se de que sou funcionária pública – o jeito é arranjar uns extras.

Parece difícil? Concordo, mas pelo menos, no caso, eu já tenho uma idéia de por onde começar. Acho que mencionei, logo no início do meu diário, ter escrito um romance, não? Uma história cheia de ação, mistério e cenas de sexo – ah, sim, nada como uma boa cena de cama pra esquentar as coisas. Apesar de ter recebido uma crítica bastante boa de uma agência literária carioca, ainda não consegui vender o livro pra nenhuma editora. É que as coisas são muito complicadas, o mercado editorial extremamente fechado. Mas não perdi as esperanças. Aliás, recentemente, um conhecido me deu uma dica quente e estou indo atrás. Vamos ver se dá certo. Quem sabe daqui a algum tempo eu não me torno uma escritora conhecida?

Dia 47

Quinta-feira, dezenove horas e vinte e cinco minutos. Cheguei em casa. Que roupa escolher pra sair com Marcos? *Ai que nervo tá me dando...*

Tão bonitinho... Acho que não disse que recebi hoje, no trabalho, umas flores dele, não é? Nada muito extravagante. Só um pequeno arranjo de rosas vermelhas com um simples cartão em que dizia que esperava que eu não tivesse esquecido o nosso compromisso. Eu até ri alto. *Esquecer? Como se eu pudesse!* Mal sabe ele que eu praticamente não penso em outra coisa nesses últimos dias que não seja nesse nosso encontro.

Me decidi por um vestido preto, na altura dos joelhos, que é simples, mas me cai muito bem. Na frente, ele é de alcinhas, praticamente sem decote e, atrás, é aberto, deixando exposta uma porção generosa das costas.

Enquanto me examinava no espelho, não pude deixar de me lembrar de Vladimir, um dos professores de musculação, que, numa conversa comigo, tinha afirmado que não há nada mais sexy do que uma mulher com as costas malhadas. Gozado! Nunca me tinha dado conta de que algum homem pudesse achar interessante essa específica parte da anatomia feminina. No entanto, depois dessa conversa reveladora, passei a prestar atenção nas mulheres da academia e acabei tendo que concordar com ele. Resta saber se Marcos compartilha dessa preferência.

Encolhi a barriga, que, aliás, anda se comportando muito bem, ajeitei o sutiã de enchimento, virei para aqui e para acolá e sorri, satisfeita. Posso não estar entre as mais belas, mas até que faço uma figura interessante. Se não fosse pelos seios um tanto pequenos e pela pouca altura, eu mesma me colocaria na categoria de mulherão.

Ai, mas gostosa, bem que eu sou...

Sorri. Posei na frente do espelho. Botei as mãos na cintura, fiz beicinho sensual. Estava brega. Gargalhei alto. Tentei de novo. Melhorou.

Tudo bem, e um pouco exibida também...

Ajeitando pela décima vez o batom e pela trigésima quinta o cabelo, apaguei a luz e me forcei a sair do quarto. Marcos e eu vamos ao teatro e depois jantar em um restaurante novo da cidade. Se tudo correr bem, devemos terminar a noite na casa dele. Marcos disse que quer muito que eu conheça o canto dele, mas suspeito que a interpretação mais apurada seja que eu conheça a cama dele. Não me oponho à idéia, ainda que, tenho que admitir, não tenha conseguido me livrar de um certo receio de fazer amor com ele.

É ridículo, eu sei, principalmente levando em conta que eu já tive um relacionamento sexual pós-Armando, mas o fato é que me sinto um pouco como uma virgem indo pra noite de núpcias. Eu mesma nunca passei por isso, já que não me casei virgem e nem mesmo tive a minha primeira experiência com meu ex. Mas, pelo menos, eu imagino que esse frio na barriga tenha sido sensação comum às donzelas recém-casadas de outrora, quando vão se entregar ao marido. Só espero que, pelo menos no que se refere a mim e a Marcos, a pontuação final não seja tão baixa quanto a que eu mesma fui obrigada a dar à minha primeira vez.

Dia 48

Tudo bem, eu sei que você deve estar curioso pra saber como aconteceu. Então, da mesma forma que acabei de fazer com as minhas três amigas por telefone, vou contar aqui, tim-tim por tim-tim tudo o que se passou.

Foi ótimo, já quero falar de cara, mesmo que, logo no início, eu tenha achado que estava em vias de passar pela pior experiência de minha vida. Se estou falando de sexo? Claro! Mas tudo bem, vamos por partes.

Marcos chegou, pontualmente, às oito da noite. Estava muito elegante, de calça escura e blazer cinza. Ele me deu um beijo borboleta, dos mais inocentes, abriu a porta do carro pra que eu entrasse e, muito cavalheiro, fechou-a logo em seguida. Rumamos para o Teatro Nacional, onde o grupo Corpo estava se apresentando. Gostei demais, apesar de ter tido a impressão de que Marcos estava um pouco entediado. Depois, jantamos no tal restaurante novo e badalado da cidade. Comemos bem e conversamos animadamente. Descobri, com uma certa surpresa, que apesar daquela cara de mau, Marcos é bem engraçado. Ele é dessas poucas pessoas que sabem contar bem uma piada ou que sabem prender a atenção dos outros ao contar um caso simples passado na rua. Me diverti enormemente e, quando dei por mim, ele estava pagando a conta.

Confesso que aí me bateu um certo nervosismo. Eu sabia que, se não quisesse que a coisa fosse adiante, aquela era a hora de deixar os meus sentimentos bem claros. Algo me dizia que Marcos não reagiria muito bem se eu dissesse "não" na hora H. Não que eu achasse que ele podia partir pra violência ou coisa assim, não me entenda mal. Mas, obviamente, a última coisa que eu queria era ferir o tão suscetível ego masculino e, em conseqüência, atrapalhar um romance que começava tão bem.

Deixamos o restaurante e entramos no carro. Enquanto tomava a nova ponte para o Lago, ele disse:

"Eu não tenho nenhum compromisso pra amanhã de manhã, Bia."

Demorei alguns segundos pra entender a que Marcos se referia. Repentinamente, porém, me veio à cabeça uma conversa, ocorrida alguns dias atrás, em que ele me disse que tivera a esperança de passar a noite comigo e que, por isso, havia reservado toda a manhã do dia seguinte pra nós. Lembrei que ele afirmara, naquela mesma ocasião, que, quando botasse as mãos em mim, levaria horas pra se saciar... E, aí, me lembrei, também, dos quatro orgasmos, se bem que desses, pra falar a verdade, nunca havia esquecido.

Meu nervosismo aumentou alguns bons graus.

Marcos pareceu notar.

"Não me diga que eu sou o primeiro depois de seu ex-marido."

Tentei aparentar normalidade e afastar o ridículo nervosismo que parecia querer tomar conta de mim.

"Não, não é."

"Muitos antes de mim?"

Afinal ele pretendia que eu fornecesse uma relação de todos os meus ex-amantes? Aquilo me irritou um pouco, confesso.

"Não."

Fiquei calada e Marcos percebeu, pela resposta curta e seca, que eu não pretendia continuar com aquele assunto. Mas logo eu mesma me arrependi, quando ouvi o tom calmo e conciliador dele:

"Desculpe, eu não tinha o direito de perguntar."

E continuou:

"Eu queria que você conhecesse a minha casa, Bia, e isso não tem que obrigatoriamente terminar em sexo. Apesar de que, não escondo, eu gostaria muito."

Sorri.

"Acho que tenho medo de que a coisa entre nós avance rápido demais."

Na verdade eu falei isso enquanto pensava até que ponto estava sendo verdadeira. Afinal, com André, tudo também tinha sido rápido e eu não me arrependia de nada. Por que com Marcos eu andava com o pé atrás?

Eu voltei os olhos a ele e me lembrei. Ah, sim, o problema era aquela cara de mau, aquela expressão do rosto intensa demais e, muitas vezes, fechada demais. Ele dava a impressão – e juro que você concordaria se o visse – de ser um homem perigoso. Voltei a pensar que Marcos seria a última das opções de um assaltante.

"A *coisa* vai andar no ritmo que você quiser, Beatriz", respondeu ele, com uma expressão de divertimento no rosto.

Até que, quando Marcos sorria, aquela impressão inicial passava um pouco. Um sorriso no rosto transformava aquele homem; ele ficava até, digamos, simpático. Mas, quero deixar bem claro que, em qualquer situação, Marcos é um homem atraente, e sexy, realmente muito sexy.

Chegamos à casa dele, que é, diga-se de passagem, belíssima; fizemos um rápido tour e nos instalamos no sofá da sala. Marcos colocou MPB no aparelho de som, sentou-se ao meu lado, me puxou para o colo e me beijou como há muito eu não era beijada.

Um beijo de paixão e de promessas. De promessas de muita satisfação e prazer. E a boca dele era tão deliciosa que eu quase reclamei alto quando ele se afastou um pouco de mim. Parecia prestar atenção no meu braço.

"Você tem um implante", afirmou, enquanto passava o polegar na pele interna do meu braço esquerdo, perto da axila.

Ele se referia ao implante de anticoncepcional que eu havia feito dois anos antes. Além da evidente solução pra evitar filhos, impedia também as incômodas menstruações. Apesar de a técnica não ser muito usual no Brasil, é bastante comum nos Estados Unidos, onde acabei colocando o meu. O negócio é tão discreto que fiquei um tanto espantada por ele ter descoberto.

"Uma de minhas namoradas tinha um", afirmou, já respondendo a pergunta que eu não tinha chegado a fazer. E continuou:

"Podemos passar sem preservativo?"

Sem preservativo?

Bem, com relação a filhos sim, mas e com relação às inúmeras doenças sexualmente transmissíveis? Eu fiquei calada e Marcos, já antevendo o que eu pensava, afirmou:

"Eu fiz um check-up há pouco Beatriz... não tem nenhum problema."

Quanto a mim eu não tinha feito exame médico recentemente. Mas, por outro lado, eu tinha a certeza de não ter contado com tantos amantes quanto Marcos. Só Armando – que, pelo que andei sabendo, continua sozinho, o que significa que não estava me traindo com ninguém – e André. Com Armando, eu não usava a proteção de borracha, com André, sim. Pensando bem, acho que posso me considerar como estando numa posição segura. Além disso (*e será que eu deveria escrever isso aqui?*), sempre achei camisinha um corta-tesão danado.

"Tudo bem, respondi", certa de que as minhas amigas me matariam se soubessem.

* * * * *

Marcos voltou a me beijar e eu me derreti naqueles braços fortes e bronzeados que me rodeavam. Logo a brincadeira começou a esquentar. Marcos abaixou o zíper do vestido e me descobriu os seios. Felizmente não pareceu decepcionado com o pequeno tamanho deles. Ele acariciou-os, com as pontas dos dedos, e depois envolveu-os nas palmas das mãos.

"Eu gosto do jeitinho que eles são, Bia. Você não combina com seios grandes."

Eu sorri enquanto pensava que, naquele instante, ele não poderia ter dito nada tão perfeito sobre uma questão um tanto delicada pra mim.

"Os seus são muito sensuais do jeito que são... e eles não são tão pequenos assim... eles enchem a minha mão, e eu não tenho mãos pequenas, Beatriz."

Olhei as mãos bronzeadas que cobriam os meus seios. A imagem era muito provocante. Com um sorriso nos lábios, disse:

"Eles são empinados, você reparou?"

"Depois da sua risada cativante e das suas pernas sensuais, foi neles que eu reparei".

Pernas sensuais? Humm...

Marcos levantou o rosto. O sorriso dos lábios não chegava a alcançar os olhos. Era minha imaginação ou o verde límpido das águas do Caribe agora se aproximava do tom escuro de um mar tempestuoso?

Ele voltou a fixar o olhar nos meus seios e, muito vagarosamente, abaixou o rosto. E Marcos trocou as mãos pela boca.

Fechei os olhos e deixei o prazer tomar conta de mim. O fogo do meio das pernas começou a se acentuar. Eu gemi, e Marcos perguntou, enquanto descia uma das mãos à minha coxa:

"Você quer fazer amor comigo?"

Naquele instante eu não tinha qualquer dúvida de que aquilo era o que eu mais queria. Aliás, eu não conseguia nem mesmo lembrar a razão por que tinha andado meio ressabiada de ir pra cama com ele. Se a sensação provocada pela boca no meu seio e pela mão que me acariciava a calcinha era uma dica dos prazeres que me esperavam na cama, eu havia sido mesmo uma tola de ter prorrogado aquele momento.

"Você está molhada, Beatriz", afirmou ele, constatando o óbvio.

"E vou ficar ainda mais se você continuar assim", respondi, quase sem fôlego.

Marcos levantou-se, comigo no colo, e dirigiu-se ao quarto. Ele me colocou no centro da cama, puxou o meu vestido e a calcinha, e me deixou ali nua, enquanto esfregava os olhos pelo meu corpo.

Eu fiquei calada, com medo de dizer alguma coisa e quebrar o clima. Marcos despiu-se rapidamente e, antes mesmo de eu ter podido admirar o belo espécime masculino à minha frente, ajoelhou-se aos meus pés, abriu minhas pernas e, sem qualquer palavra, com quase violência, me penetrou.

Eu fechei os olhos e engoli o gemido de dor. Realmente não era nada assim que eu tinha imaginado nossa primeira vez. Fiquei com um medo muito real de tudo aquilo se transformar num pesadelo.

Mas, pra minha surpresa, Marcos parou. Por alguns segundos ele ficou completamente imóvel, só o pulsar de nossa união e de nossos corações podia ser sentido. Depois, com a voz entrecortada, ele falou ao pé de meu ouvido:

"Você não tem idéia de há quanto tempo eu quero fazer isso, Bia... hoje eu pensei que ia morrer se você dissesse não... toda a vez que você deixar eu vou estar dentro de você... tantas e tantas vezes que você vai estranhar quando a gente não estiver fazendo amor."

Ele levantou o rosto e fixou os olhos nos meus:

"Eu te machuquei?"

Eu sorri.

"Você já ouviu falar em preliminares, Marcos?"

Ele começou a se mexer, muito vagarosamente, e eu continuei:

"Aliás, se não estou enganada, você me prometeu dois orgasmos antes e dois depois..."

"Prometi... e a noite só está começando... eu disse que demoraria muito tempo pra matar a minha fome, Bia... e eu quero passar a noite inteira fazendo amor com você... pode estar certa de que eu vou cumprir a minha promessa."

Marcos me beijou a boca e ajustou as nossas posições.

"Se eu não tivesse te penetrado agora, Beatriz Vilella, eu acho que ia gozar só de te ver deitada na cama."

"Você não parece que vai gozar agora", respondi, enquanto estudava as costas musculosas de Marcos com as mãos.

"Eu vou gozar quando você gozar."

Eu gemi alto quando os movimentos agora fortes de Marcos passaram a requerer toda a atenção e reação de meu corpo. Sem mais falar, ele passou a se empenhar em provar a veracidade de suas palavras. Foi demais!

Dia 49

Hoje acordei na cama de Marcos. Apesar de não ter estado muito certa se pretendia mesmo dormir na casa dele, Marcos não me deixara outra opção. Fizemos amor, várias vezes, pela noite afora. Eu nem sei quantas vezes ele esteve dentro de mim. Ele cumpriu cada uma de suas promessas e, ainda agora, sinto uma agradável sensibilidade down there.

"Cansada?", foi a primeira coisa que ele perguntou, assim que percebeu que eu não estava mais dormindo.

"Já tive melhores noites de sono", respondi, com um meio-sorriso nos lábios.

"Mas noites em que não ficou tão satisfeita, espero."

Eu também não queria alimentar muito mais o ego dele. Algo me dizia que já era suficientemente grande nessa área.

"Você é um bom amante, Marcos."

Ele levantou uma das sobrancelhas e, sem resistir – afinal ele tinha se empenhado muito essas últimas horas –, eu complementei:

"Muito bom."

Não sei se ele ficou aborrecido com a resposta, mas, talvez, só pra deixar claro que a minha percepção não correspondia à realidade, ele voltou a fazer amor comigo. Divinamente. E eu, claro, não reclamei.

Cheguei em casa por volta de 4 da tarde do domingo. Davi estava com Armando e, por isso, pude tomar um banho e voltar pra cama. Dessa vez só pra dormir. Espero que Marcos esteja tão cansado, e saciado, quanto eu.

Dia 50

Passei o final de semana em Pirenópolis com meus pais e Davi. A cidade é uma belezinha. Andamos bastante, visitamos algumas construções antigas e comemos da típica comida goiana. Foi ótimo passar aqueles dois dias com meu filho. Colocamos vários assuntos em dia e conversamos sobre a viagem que ele fará com o pai para os Estados Unidos, nas férias de janeiro. Ainda não pensei em como isso vai me afetar. Afinal vai ser muito estranho ficar sozinha por quase trinta dias. Talvez, se até lá o meu romance com Marcos ainda estiver dando certo, nós dois possamos viajar juntos. Vou puxar esse assunto no próximo encontro com ele.

Dia 51

Hoje fui pegar Marcos no trabalho pra almoçarmos juntos. Ele é dono de uma pequena, mas bem conceituada firma de engenharia da cidade. Nós demos uma rápida voltinha pelo escritório central, que é muito bem montado e de bom gosto, e saímos logo depois, pois eu não queria me atrasar, muito, para o trabalho. Marcos, porém, que fez questão de dirigir o meu carro, rumou não para o restaurante mas pra própria casa. Comecei a protestar assim que entendi as intenções dele, mas Marcos ameaçou parar no acostamento e fazer amor comigo ali mesmo dentro do carro. Chegamos, nos esbaldamos no chuveiro e depois comemos uns sanduíches de presunto com queijo. Foi tudo ótimo e só consegui chegar no serviço muito depois das três da tarde.

Dia 52

Estamos no início de novembro e só agora me dei conta de que não resolvi como vai ser essa história de Natal. É que eu e Armando costumávamos cear no dia 24 na casa dos pais dele e almoçar no dia 25 na casa dos meus. Suponho que ele vá continuar, agora na companhia de Davi, a cear com os pais. Fico aqui imaginando se há alguma chance de eu ser incluída nessa programação *(bem que gostaria...)*. Não pelo dito cujo, claro que não, mas pelo Seu Fernando e pela Dona Berenice, que tenho como segundos pais. Mas acho que a coisa é capaz de ficar um tanto estranha, ainda mais agora que resolvi meio que contar que ando saindo com alguém. A minha história com Marcos já dura mais de um mês e se mostra bem promissora.

Davi não recebeu mal a notícia. Somente perguntou se eu e Marcos pensávamos em nos casar, ao que eu respondi com um enfático "não", mesmo sabendo que a idéia já tinha me passado pela cabeça. Os meus pais pareceram gostar da notícia e manifestaram interesse em conhecer Marcos. Quanto a Armando e meus sogros, nenhum deles tocou no assunto e eu nem mesma estou certa se sabem, apesar de ter tido a impressão de que Davi contou a eles.

Dia 53

Marcos estava lá em casa quando Armando ligou, perguntando se Seu Oripes poderia ajudá-lo com a mudança para o apartamento novo e, se não estou enganada, pareceu não gostar muito. Por essa e por outras estou começando a achar que o homem é do time dos ciumentos. Não estou ainda certa de como vou lidar com isso, pois nunca tive experiência nessa área – Armando, se é que tinha ciúmes, nunca manifestou.

Parece que nós dois vamos mesmo viajar juntos em janeiro. Estou animada com a perspectiva, apesar de um pouco assustada com a possibilidade de passar as vinte e quatro horas do dia na companhia dele. Uma coisa é namorar, outra, bem diferente, é morar junto, que é, praticamente, o que estaremos fazendo nesses quase trinta dias de férias. Pensamos em ir a Maceió. Estou contente, pois conheço muito pouco do Nordeste.

Dia 54

Hoje, eu e Marcos nos encontramos com as minhas amigas no Pontão, as quais, nem preciso dizer, estavam loucas pra conhecer o homem com quem eu estou saindo. Elas organizaram até uma lista – e isso Marcos não pode saber de jeito nenhum – de quem teria a preferência de tentar conquistar o bonitão bom de cama, no caso de nós terminarmos o nosso romance. Os nomes foram tirados na sorte, algumas semanas atrás, quando eu as encontrei para o nosso tradicional ladies' night out. Eu bebi um pouco além da conta e, claro, acabei contando um pouco mais do que devia sobre os meus momentos de intimidade com Marcos. Logo, os nomes já estavam no papel, com a felizarda Lúcia encabeçando a lista.

Parece que o meu namorado foi aprovado, ainda que não com tanto louvor quanto André. O problema, eu acho, é a cara de mau de Marcos. A coisa melhorou quando todos relaxaram e o assunto começou a fluir mais naturalmente. Com Marcos sorrindo, as minhas amigas ficaram mais à vontade. Notei pelo menos duas outras mulheres, em mesas próximas, lançando olhares ao meu bonitão. Me senti supervalorizada quando Marcos, aproveitando que Lúcia atendia o celular e que Carla e Isadora conversavam com um conhecido, passou o braço pelas minhas costas e me puxou para um beijo de língua. Muito bom!

Dia 55

Eu não sei o que está acontecendo, mas, desde que me tornei uma mulher separada, os homens começaram a prestar mais atenção em mim. E eu que pensava que, com raríssimas exceções, eles não estavam nem aí se a mulher que lhes interessava era casada ou não. Acho que terei que rever meus conceitos.

Enfim, o fato é que, pela primeira vez, recebi uma cantada no trabalho. O episódio foi todo muito inocente, porém, e consistiu, tão somente, numa troca de e-mails. Não estou bem certa de como aconteceu, mas as mensagens, que, pelo menos de minha parte, não tinham qualquer segunda intenção, de repente começaram a ficar com um sentido um tanto estranho. Na verdade, tenho que admitir, a culpa foi um pouco minha, pois, um tanto ingenuamente, demorei a perceber o outro significado dos e-mails que estava recebendo. Quer dizer, eu estava achando a coisa meio esquisita, mas, como conhecia o colega há anos, sem nunca ter acontecido nada que indicasse algum interesse dele por mim, eu fiquei tentando, por algum tempo, me convencer de que estava errada ao ver duplo sentido em frases onde, absolutamente, nada demais havia.

Claro que, no exato momento em que não tive dúvidas do que realmente estava se passando, eu dei um delicado basta na situação. O colega entendeu o recado, já que o final foi um "*OK, tudo esquecido e apagado*".

Passei o dia inteiro sorrindo, com o ego nas alturas. Estou me sentindo toda poderosa!

Dia 56

Hoje aconteceu algo bem revelador no shopping. Marcos e eu fomos ao cinema e depois jantamos num restaurante japonês. Até aí, tudo normal. Quando estávamos dando uma olhada nas vitrines – eu, sem dúvida! –, ele se afastou um pouco de mim e se aproximou de dois rapazes que estavam a alguma distância de nós. Claro que pensei que eram conhecidos de Marcos e, apesar de ter achado um pouco estranho ele não os ter apresentado, o fato nem registrou muito na minha cabeça – dado que estava muito mais interessada em aumentar minha coleção à la Imelda Marcos.

Entrei na loja e, enquanto esperava a vendedora trazer os sapatos, vi Marcos retornando. Ele sentou-se ao meu lado e eu perguntei:

"Conhecidos seus?"

"Não."

É claro que aquela não era bem a resposta que eu esperava.

"Não?"

Ele voltou a responder:

"Não."

"Como não?"

"Eles não são meus conhecidos, Beatriz", afirmou, como se aquilo pudesse explicar alguma coisa. Como ele nada mais disse, eu tive que fazer a perguntinha óbvia.

"Por que você foi falar com eles então?"

"Eles estavam de olho em você."

Hein??? Fiquei atônita.

"Como é que é?"

"Eles estavam te paquerando."

"De onde você tirou isso, Marcos?"

"Eles estavam nos seguindo desde que deixamos o restaurante."

"Deve ter sido coincidência, eu não reparei nada."

"Você estava muito ocupada olhando as vitrines."

Eu balancei a cabeça, não acreditando muito que estávamos tendo aquele tipo de conversa.

"Eu estou certa de que você está enganado", afirmei com convicção.

Marcos ia responder alguma coisa quando a vendedora chegou com várias caixas na mão. Ele deixou a loja e ficou me esperando do lado de fora.

Aquela conversa toda estragou a minha concentração. Experimentei somente um dos sapatos e, incomodada, também deixei a loja atrás do homem com cara de mau, que se sentara em um banco próximo.

"O que você disse aos rapazes?"

"Que você estava acompanhada e que se eles não parassem com a brincadeira, aquilo podia terminar mal."

"Você os ameaçou, Marcos? Não posso acreditar!"

Ele não parecia nem um pouco perturbado. Enquanto esticava as pernas, perguntou:

"O que você queria que eu fizesse, Bia?"

"Ignorar."

"Ignorar?"

"Ignorar... fingir que nada viu... passar batido..."

Ele fixou aqueles olhos em mim e respondeu, muito calmo:

"Olhe bem pra mim, Beatriz Vilella... olhe e me diga se você acha mesmo que eu sou o tipo de homem que vai ignorar uma coisa dessas..."

Não, não era. E eu acho que sempre soube disso. Marcos é extremamente carinhoso e atencioso comigo e eu nunca o vi sendo grosseiro ou violento com ninguém. Mas, reconheço, há algo meio que selvagem dentro dele, só esperando o momento certo pra se mostrar. E eu sabia que, da mesma forma que aquilo me assustava, me atraía também.

Eu me sentei ao lado dele, sem saber bem o que dizer. Marcos pegou uma de minhas mãos e beijou a palma.

"E o sapato?"

"Perdi o tesão", respondi.

"Eu vou com você, Bia."

Fiz uma careta. Ele insistiu:

"Eu vi que você gostou do preto."

"É que eu não preciso."

Marcos riu.

"Ninguém está falando de precisar, meu amor."

Era a primeira vez que ele me tratava de meu amor. Gostei. Forçando um sorriso, acompanhei-o de volta à loja.

Dia 57

A minha conta de telefone vai pras alturas. Passei horas falando com as minhas três fiéis amigas. Combinamos de nos encontrar hoje na casa de Lúcia depois do trabalho. Estou encucada com o acontecimento do shopping.

Fui a primeira a chegar. Sentei-me na ampla varanda do apartamento e servi-me de vinho tinto. Ficamos falando de banalidades até Carla e Isadora chegarem. Quando o quarteto, enfim, ficou completo, Lúcia, que era a mais experiente entre nós, pelo menos no que diz respeito a homens, foi logo dando a sua opinião.

"Eu dava um pé no traseiro dele, Bia. Se já está assim no início do relacionamento, a gente pode bem imaginar como vai ficar depois."

"Afinal por que foi que ele se separou da primeira mulher?", quis saber Carla, antes mesmo que eu pudesse comentar a afirmação de Lúcia.

"Ele nunca entrou em detalhes", respondi.

"Será que foi por conta do ciúme dele?", continuou ela.

Dei de ombros, sem saber o que responder.

"Eu não sei até que ponto o que aconteceu pode ser qualificado de grave", afirmou dessa vez Isadora.

"Pelo que o próprio Marcos disse, ele ameaçou os rapazes", esclareci.

"Tudo bem, mas o incidente seria grave se Marcos tivesse acusado você de estar dando abertura para o flerte", continuou Isadora.

"É verdade, concordo", disse Lúcia, "pelo que você contou, em momento nenhum ele achou que você tivesse culpa."

"Também era só o que faltava", falei, balançando a cabeça com indignação.

"Você pode até achar ridículo, Bia, mas nós sabemos que isso acontece", afirmou Isadora.

"Mas qual era a desses rapazes? Dar em cima de você na frente de Marcos?" perguntou Carla. E continuou:

"Tudo bem até, se Marcos fosse normal... quer dizer, ele é grande tanto para os lados quanto pra cima... será que os seus admiradores não notaram isso, não?"

"O homem parece um guerreiro... um Conan das telas do cinema", arrematou Isadora aos risos.

Eu também ri e expliquei:

"Eles eram bem jovens... eu acho que estavam só de curtição."

Ficamos caladas algum tempo, cada uma perdida em seus próprios pensamentos. Foi Lúcia quem quebrou o silêncio:

"Nós temos André, temos Marcos, temos o cara de seu trabalho, temos esses dois rapazes do shopping... você anda abafando, heim, Bia?"

E continuou, enquanto, carinhosamente, encostava o rosto no meu:

"Você nunca esteve tão bonita, Beatriz... sem dúvida a separação de Armando lhe fez muito bem."

Todas concordaram. Eu me levantei e abracei cada uma delas. Fizemos brindes à amizade, à felicidade, a novos amores. Deixei a casa de Lúcia, horas depois, feliz em saber que posso contar com o carinho e apoio de minhas três fiéis escudeiras.

Dia 58

Hoje Marcos se aborreceu comigo. Tínhamos acabado de fazer amor e estávamos deitados, aconchegados, na cama king-size do quarto dele. Não sei bem por que, de repente, me veio à cabeça a imagem dos meus pobres bezerros esperando a hora de ir para o matadouro. Sem dar muita atenção às palavras carinhosas dele – que, obviamente, eu adoro ouvir, por favor não pense que não, mas é que naquele instante parecia não ter nada mais importante do que salvar os meus bichinhos –, eu fui logo soltando uma do tipo:

"Eu tenho é que vender todos pra reprodução."

Eu juro que falava mais comigo mesma do que com o homem deitado ao meu lado.

"Como é?"

"Os bezerros, Marcos."

"Caramba, Beatriz, eu estou aqui falando em como gosto de estar com você, e você está aí se preocupando com os bezerros!"

"É que eu tenho que arrumar uma solução... está quase na hora de vender os bichos e eu não quero..."

Ele me interrompeu, a voz aborrecida.

"Que merda, Bia... eu não dou a mínima se eles vão parar no prato de alguém... até no seu mesmo, quem sabe?"

Naquela hora não gostei de ser lembrada de que nunca havia conseguido engrossar as fileiras dos vegetarianos. Eu adoro carne e não consigo passar sem. E, sim, a essa altura Marcos sabia muito bem disso. Mas, por outro lado, eu devia a ele um pedido de desculpas. O homem nu, com cara de mau, agora sentado ao meu lado, parecia ter tido os sentimento feridos pelo meu comentário inoportuno.

"Marquinhos, desculpa."

Ele franziu o cenho e eu me lembrei de que ele não gostava desse apelido. Aliás nem mesmo, pra falar a verdade, combinava com ele.

"Por favor, Marcos, me desculpa, eu fui uma cadela insensível". Foi a expressão que me ocorreu, meio que uma literal tradução do insensible bitch, mas parece que ele entendeu a idéia. E continuei, um sorriso nos lábios, enquanto fazia com que ele voltasse a se deitar na cama, sentando-me por sobre suas pernas:

"O que eu posso fazer pra você me desculpar?"

Eu alcancei o sexo dele com a mão e comecei a acariciá-lo. Marcos respondeu imediatamente. Ainda hoje me surpreendo com a rapidez com que reage a meu toque.

"Eu posso ter várias idéias, Bia", ele falou, agora já com um delicioso sorriso safado nos lábios.

"Será que você pensou em alguma coisa assim?"

Eu me inclinei e o levei à boca. Marcos murmurou o seu consentimento e eu brinquei com ele por vários minutos antes de deixar que me penetrasse. A partir daí, o sexo foi rápido e um tanto violento, mas eu não me importei. Sabia que Marcos nunca me machucaria, pelo menos não propositadamente. Nós gozamos juntos e dormimos o resto do domingo.

Eu não resolvi o problema dos bezerros.

Dia 59

As horas passadas nos braços de Marcos e a periclitante situação dos meus bezerros continuam em minha cabeça. Meio estranho estar lidando com dois assuntos tão diferentes, reconheço. Mas fazer o quê? Nem sempre dá pra controlar os pensamentos.

Hoje me convenci de que vou precisar vender alguns de meus dólares. Liguei pra Armando, mas ele disse que não tem interesse em comprar agora. Ele disse "interesse", mas eu entendi que ele anda é com o caixa baixo. Afinal acabou de comprar um ótimo apartamento e ouvi Davi comentando que o está mobiliando. Mas Armando é Armando, e dificilmente vai confessar que não tem dinheiro. Pensei em ligar para os meus pais, mas com medo do sermão de minha mãe – do estilo "você não está economizando!" –, desisti da idéia. Afinal, liguei pra Marcos, que se dispôs a comprar três mil dólares. Ficamos de trocar as notas amanhã.

Dia 60

Eu me esqueci de levar as verdinhas pra Marcos, e fiquei sem jeito de receber o cheque, mas ele insistiu. Fiquei me sentindo a mulher que é sustentada pelo amante. Não que seja muito diferente da mulher sustentada pelo marido, o que, cheguei à conclusão, eu era. Mas, mesmo assim, foi estranho. Marcos não parecia nem um pouco perturbado com a situação porém, e chegou a fazer piadinha sobre a minha preocupação. De qualquer forma, amanhã, sem falta, levo os dólares pra ele.

Dia 61

Hoje fiz compras de Natal com mamãe. Semana passada já havia saído com Isadora e, ontem, com Marcos, pra comprar o presente de Maria Clara. Ainda estou longe de ter presentes pra todos da lista, mas jurei a mim mesma que vou resolver esse assunto nos próximos dias. Não quero ter que enfrentar a correria da véspera, apesar de ser possível, me disse alguém certa vez, conseguir bons descontos no próprio dia vinte e quatro. Porém, não tenho a menor intenção de comprovar se isso é verdadeiro.

Dia 62

Hoje é dia dez de dezembro, aniversário da Lúcia. Eu e Marcos fomos a uma reuniãozinha na casa dela. Graças a Deus, quem estava hoje na berlinda não era o meu namorado, mas Luís, novo paquera de Carla. Tentei não demonstrar, mas eu não simpatizei muito com o dito cujo não, apesar de Marcos ter descoberto alguns interesses em comum com ele, que parecem ter rendido um bom papo. Quando saímos de lá, pouco antes das duas da manhã, eu estava pra lá de Marraquesh. Marcos não ficou muito satisfeito com o meu estado etílico e ameaçou me carregar no colo. Cheguei perto de dar um piti e ele acabou desistindo da idéia. Antes de me fazer entrar no carro, disse algo sobre não gostar que mulher dele ficasse bêbada. Respondi, irritada, que não estava bêbada e, sim, alegrinha – aliás, em algum lugar aí pra trás eu falei sobre Marraquesh? Esqueça! Estava só exagerando. Não conversamos mais durante o resto do trajeto. Chegamos à minha casa e eu corri pra vomitar no vaso. Só deixei o banheiro depois de tomar banho, lavar o cabelo e escovar os dentes. Marcos estava lá esperando, pra minha grande surpresa.

"Achei que você tinha ido", disse, não disfarçando a voz de choro, saído não sei bem de onde.

Ele se aproximou de mim e me pegou no colo. Enquanto cobria os poucos passos até a cama, perguntou:

"Você quer que eu vá embora?"

Balancei a cabeça em negativa.

Ele me colocou na cama e deitou-se ao meu lado, ainda vestido.

"Tem dez dias que a gente dorme junto, você sabia?"

Dessa vez balancei a cabeça em concordância. Também vinha fazendo os cálculos. Eu me aninhei nos braços fortes de Marcos, fechei os olhos e dormi profundamente.

Dia 63

Acho que não mencionei que apresentei Marcos a Davi, e que fui apresentada a Maria Clara, não é? Isso aconteceu umas duas semanas atrás, quando as minhas desculpas pra não dormir em casa estavam ficando esmolambadas demais. Assim que

Marcos conheceu meu filho, fez questão de me apresentar à filha dele. Enquanto o encontro de Marcos com Davi foi muito tranqüilo, o meu com Maria Clara foi um pouco mais complicado. Ela tem oito anos e não fez segredo algum de estar detestando a idéia de o pai ter uma namorada. Mas eu não me intimidei com a menina. Marquei um segundo encontro só entre nós duas – depois soube por Marcos que ela não queria ir de jeito nenhum e que, mais ou menos, ele teve que a obrigar. Bem, nós fomos ao shopping e, como duas boas mulheres, nos dedicamos às compras. Comprei praticamente tudo o que Maria Clara queria. Só disse "não" a um sapato de salto alto e a um filhote de akita, que estava sendo anunciado em uma boutique de animais – se bem que até eu tenha ficado tentada com a idéia de comprar o fofíssimo cachorrinho. Quando nós, enfim, retornamos, Marcos olhou pra mim como se uma espinha monumental tivesse aparecido bem no meio da minha testa – até coloquei a mão pra conferir. Bem, é verdade que as quinze sacolas que nós carregávamos não contribuíam em nada pra dar uma idéia de normalidade. Mas o que se tem que levar em conta é que Maria Clara e eu voltamos amicíssimas da aventura, ainda que isso tenha me custado ouvir quase meia hora de discurso de Marcos, que, entre outros elogios, me chamou de louca desmiolada que não tem qualquer idéia de como educar uma criança. Claro que lembrei a ele que eu não tinha mesmo nenhuma obrigação de educar a filha dele e que aquela compra toda só iria acontecer aquela única vez (*também a minha conta bancária não agüentaria outra extravagância daquelas...*).

"A idéia era só quebrar o gelo, Marcos."

Ele continuava olhando muito sério pra mim. Eu me aproximei e comecei a afrouxar o cinto da calça dele.

"O que eu posso fazer pra você me desculpar?"

Só então ele sorriu.

* * * * *

Dia 64

Hoje tive uma conversa com Seu Fernando. Convenci-o a me ajudar a encontrar compradores para os bezerros, que, a essa altura, já são chamados de tourinhos.

"Mas nada de frigorífico", voltei a lembrar, "os meus bichinhos só serão vendidos pra reprodução."

"Nem todos têm as características exigidas pra se tornarem reprodutores, Beatriz", voltou ele a me explicar, pela terceira ou quarta vez.

Enquanto mastigava o delicioso filé mignon preparado por minha sogra, fiquei pensando que a diferença entre poder comer, com delícia, aquele pedaço de carne e não poder sequer imaginar os meus pobres tourinhos sendo encaminhados para o abate é que os meus animais não eram mais qualquer um. Uma vez que eu passei a conhecê-los, eles deixaram de ser anônimos, de pertencer a uma multidão, ou a uma boiada, no caso. Eu já identificava vários. Um tinha um chifre torto, um outro, uma mancha no pescoço, outro ainda, uns olhos de sonhador. Seu Fernando gozou de mim quando ouviu essa minha última consideração, feita algumas horas antes em uma de suas fazendas, onde eu e Davi tínhamos passado o final de semana.

"Você tem que ver isso tudo como negócio, Beatriz. A venda desses duzentos tourinhos pode facilmente bancar uma viagem sua e de Davi à Europa."

Seu Fernando sorriu pra mim, certo de ter tocado no meu ponto fraco. Eu fiquei um longo tempo calada, pensando se conseguiria entrar num avião sabendo que os meus pobres animais haviam pago com sangue, no sentido próprio, aquele luxo todo.

Eu e Davi deixamos a casa de meus sogros pouco tempo depois. Temos que enfrentar a compra dos últimos presentes. O Natal se aproxima perigosamente e eu jurei a mim mesma que não vou enfrentar o corre-corre da véspera.

Dia 65

Somente hoje é que consegui conversar com Isadora sobre o meu "comportamento infantil" – palavras de Marcos – com Maria Clara. Dessa vez, Carla e Lúcia não estavam presentes, pois foram ao Sul passar as festividades de final de ano com as respectivas famílias.

"O negócio é o seguinte", disse, após termos superado a fase de ficarmos ofendidas com as palavras de Marcos, "todo mundo tem um preço."

"Como assim?", perguntou Isadora, enquanto se servia de vinho.

Só pra você saber: eu estava me restringindo ao suquinho de laranja pois não queria que Marcos, com quem iria me encontrar dali a pouco, ficasse com a impressão de que eu não consigo ficar longe de bebidas alcoólicas.

"Todo mundo pode ser comprado, Isa, é só uma questão de se descobrir o valor. Com Maria Clara, bastaram apenas algumas compras no shopping, com outros, você tem que desembolsar mais dinheiro."

"E onde você se enquadra aí?"

"Eu tenho certeza de que também posso ser comprada, só não estou muito certa ainda com o quê."

E continuei:

"No momento, acho que dinheiro não faria muita diferença pra mim, quer dizer, nessa altura da vida, acho que eu não mudaria o meu estilo só porque repentinamente me tornei milionária. Não consigo, por exemplo, me ver sem trabalhar. Além disso, acho que ter muito dinheiro traz outros problemas, como medo de seqüestro ou medo de achar que todos só se aproximam de você por interesse ou sei lá mais quantas neuroses..."

"Então você está fora do mercado?"

"Eu estou dizendo que talvez só grana não me anime... mas se alguém chegar pra mim e disser algo do estilo 'faça isso que eu mexo os pauzinhos pra editora publicar o seu livro', bem, aí a situação é bem diferente... então o negócio é só saber onde está o interesse de cada um."

"Com muito dinheiro você poderia publicar o seu livro por conta própria."

"Eu sei, mas, pelo menos pra mim, não é a mesma coisa. Eu quero ser representada por uma boa editora, ter uma publicação tradicional, essas coisas..."

E continuei enquanto me servia de mais suco.

"Você sabe que Armando mesmo insistiu pra bancar a publicação de meu romance, mas eu decidi tentar mais um pouco."

"E por falar nesse assunto, alguma notícia?"

"Só no início do ano que vem, talvez fevereiro ou março."

"Estou torcendo, Bia."

Eu sorri. *Vai dar certo! Vai sim! Um dia desses, é só esperar...*

Isadora perguntou:

"Até onde você iria no 'faça isso que eu publico o seu livro'?"

Olhei para o teto, enquanto pensava. Isadora voltou a perguntar:

"Você iria pra cama com alguém por isso?"

"Quem seria esse alguém?", perguntei, com um sorriso nos lábios.

"Bia!", me recriminou Isadora, com uma expressão de divertimento no rosto que contrariava seu tom de indignação.

"Depende, se fosse um cara muito lindo e muito tesudo..."

"E se fosse muito feio e muito barrigudo?"

"Na minha imaginação, ele é sexy e bonito", afirmei, enquanto imaginava um misto de Marcos com Ben Affleck e Tom Cruise.

"Nada disso, ele é feio que dói e extremamente maçante."

* * * * *

"Feio e chato?"

"Feio e chato."

"Então a resposta é negativa". E continuei: "Você vê, depois do Marcos o meu padrão de qualidade subiu demais. Se eu não tiver muito prazer na cama, não vale."

"Ou seja, se um cara que preenche suas exigências lhe fizer essa proposta, você aceita..."

"Deixe-me ver... humm, sim, seria tentador... mas, aí, Marcos descobria, e tudo se complicava... então eu teria o meu livro publicado, mas não teria Marcos..." E continuei:

"O complicador aí é Marcos... então eu diria que se nós não estivéssemos juntos, e se acontecesse desse cara bonito, forte, alto, simpático, inteligente, interessante e sexy fazer a proposta, eu diria 'sim' sem hesitar um minuto. Sexo seguro entre duas pessoas adultas, qual o problema?"

"Nenhum", respondeu Isadora, aos risos.

Eu misturei um pouquinho do vinho branco ao suco de laranja. Isadora estava ficando altinha e eu não queria ficar a amiga lúcida e sóbria que empata o divertimento. E só um pouquinho Marcos não iria notar. Pensando nisso, resolvi voltar ao assunto do desentendimento com ele:

"Depois eu fiquei pensando que deveria ter ficado meio puta com tudo o que Marcos me disse; afinal ele afirmou com todas as letras que eu não sei educar uma criança. Na hora, eu achei que ele se referia especificamente a Maria Clara – e talvez até se referisse –, mas e quanto a Davi? Será que ele pretendia incluir o meu filho aí?"

"Acho que não Bia, pelo que você já me contou, ele e Davi estão se dando bem. Quer dizer, se Davi tivesse sido grosseiro com ele ou alguma coisa assim, talvez até pudesse ser que ele pretendesse incluir Davi. Mas nada aconteceu, pelo menos até onde a gente sabe. Eu acho que ele falou aquilo de cabeça quente.

E você mesma há de convir que o que você fez foi um tanto inusitado."

"Nem um pouco inusitado. Comprar amor com dinheiro vem sendo feito desde que o mundo é mundo. E depois eu não acho que possa dizer que comprei a afeição de Maria Clara. Aquilo foi só um empurrãozinho, um jeitinho pra quebrar o gelo entre nós duas. Eu acho que, daqui pra frente, vai dar pra desenvolver uma amizade sem que eu seja vista como uma inimiga, a odiada namorada do papai."

Fiquei contente porque Isadora pareceu concordar comigo. Resolvi, porém, não me certificar porque, às vezes, a dúvida é melhor do que a certeza que vai contra o que queremos que seja. Saí da casa dela uns quarenta minutos depois e rumei pra casa da irmã de Marcos, que estava promovendo uma reuniãozinha pra festejar o aniversário do marido. Do portão liguei pra Marcos. Não queria ter de entrar sozinha numa casa estranha, de gente desconhecida. Sou tímida pra certas coisas. Ele logo apareceu, bonito e bem arrumado, e me acompanhou pra dentro da casa, não sem antes me lascar um delicioso beijo molhado na boca. Fui apresentada a todos e fiquei satisfeita ao saber por Márcia, irmã de Marcos – que, por coincidência, eu conhecia de vista da escola de Davi –, que eu era a primeira namorada firme dele desde que tinha se separado.

Deixamos a casa de Márcia por volta das duas da manhã. Ficaríamos mais, se não tivéssemos o dia cheio amanhã, tanto eu quanto ele. E sim, já meio que estou por dentro da agenda de Marcos. Além dos compromissos habituais, fomos convidados pra abertura de uma nova concessionária de automóveis na cidade, que foi projetada pela empresa de engenharia de Marcos. Quer dizer, ele foi convidado, eu vou de acompanhante, pra não dizer de penetra. É a primeira vez que vou com ele a um evento profissional. Estou cada vez mais convencida de que esse nosso relacionamento vai funcionar.

* * * * *

Dia 66

Não vai dar nada certo! Retiro tudo o que disse! Acontece que nossa saída de ontem foi um desastre – algo, aliás, bem próximo do trágico.

Começou bem, reconheço. Marcos me pegou em casa por volta das nove da noite (a festa estava marcada para as oito) e, em pouco menos de 20 minutos, chegamos ao local. Estávamos lindos, os dois, modéstia à parte. Eu, estreando um vestido novo de uma de minhas butiques preferidas – que não vou revelar aqui pra não fazer propaganda gratuita –, com as unhas pintadas de vermelho e os cabelos presos num elegante coque alto; Marcos com um smoking chiquérrimo – eu não tinha mencionado que a festa era black-tie, tinha? Pois então, estávamos nós dois lá, formando um lindo par, quando ouvi uma voz masculina chamando por mim. Era André. Aproveitando que Marcos estava conversando com um dos donos da concessionária, pedi licença e me afastei um pouco pra conversar com o meu antigo namorado – coisa de que Marcos nem de longe suspeitava.

André estava bem altinho. Ele me cumprimentou com um estalado beijo na bochecha e um abraço apertado. Quis logo saber com quem eu estava e eu, idiota, em vez de dizer que tinha ido com o meu namorado, afirmei que fora com um amigo. Na hora achei que isso evitaria de ele se sentir trocado por outro. Afinal, o nosso lance não havia terminado há tanto tempo assim. Mas depois, pensando nessa minha mal-escolhida resposta, cheguei à conclusão de que foi a culpada pelos problemas daquela noite.

Enfim, enquanto André meio que me arrastava pra mostrar os detalhes arquitetônicos desenvolvidos pelo escritório dele, eu pensava que o fato de meus dois homens pós-Armando terem trabalhado no mesmo projeto bem comprovava que Brasília é mesmo uma cidade pequena demais. "Todos se conhecem, ou têm conhecidos em comum, ou acabam se topando em um momento ou outro", é o que sempre diz Carla.

O primeiro beijo de André, num canto escondido do salão, me pegou de surpresa. Eu me desvencilhei dele, enquanto tentava, desesperadamente, me lembrar de pelo menos alguns trechos do discurso de despedida de que me utilizara, alguns meses antes, pra explicar por que deveríamos dar um tempo, que fosse eterno, no nosso romance. Eu me lembrei de algumas partes e André logo perguntou se eu estava saindo com alguém. Respondi que sim, sem infelizmente deixar esclarecido que esse alguém estava na festa – meu segundo erro da noite. Ele não pareceu muito convencido, porém. Puxou-me pra baixo da escada e, antes que eu pudesse protestar, me lascou o segundo, e último, beijo.

Algo muito próximo de um grunhido de animal feroz – juro – ressoou pelo salão. Marcos pegou André pela gola da camisa e, segundo meus cálculos, deve tê-lo lançado bem a uns cinco metros no chão. Eu fiquei em estado absolutamente catatônico. Como uma boa donzela do cinema, só cobri a boca pra evitar gritar.

André levantou-se imediatamente, mas Marcos ainda o alcançou e desferiu-lhe um soco no rosto. O pós-Armando número um voltou a cair ao chão e, dessa vez, várias pessoas intervieram, entre elas, dois seguranças. O pós-Armando número dois deu as costas ao burburinho, pegou a minha mão – sim, eu continuava num lastimável estado de paralisia – e me puxou pra saída. Ele só me dirigiu a palavra quando já estávamos no estacionamento, a voz de poucos amigos.

"Quem era o cara?"

"Um antigo namorado", respondi de imediato. Naquele momento estava sentindo algo muito próximo do pânico e achei que o melhor era não irritar mais a fera.

"Você disse que estava acompanhada?"

"Mais ou menos", respondi.

"Como mais ou menos, Beatriz?"

"Eu disse que estava saindo com alguém, mas talvez não tenha deixado bem esclarecido que esse alguém estava na festa."

Era o melhor que podia fazer, dadas as circunstâncias.

Nem preciso dizer que Marcos não gostou da resposta. Paramos à frente do carro dele e ficamos em silêncio por alguns segundos.

"É só isso que você acha que está acontecendo entre nós dois? Estamos saindo juntos? "

Eu respondi, com cuidado:

"Marcos, nós estamos namorando não tem nem quatro meses...é muito cedo pra saber se esse relacionamento vai mesmo dar certo..."

Ainda mais depois desse incidente... isso vai requerer uma longa conversa com o meu trio de amigas.

Ele ficou calado. Abriu a porta pra mim e entrou logo em seguida. Antes de ligar o carro, perguntou:

"Você beijou ele? Eu tive a impressão que não... mas confesso que fiquei tão transtornado que pode ter sido só minha imaginação."

"Não, eu não beijei... André estava embriagado... eu estou certa de que ele não pensou direito no que estava fazendo... tenho certeza, até, de que já está arrependido."

E perguntei, enquanto estudava o homem com cara de mau ao meu lado:

"E você, Marcos, está arrependido?"

Ele balançou a cabeça e respondeu, a voz já calma:

"Não."

Aquela foi a primeira noite, desde que nós dois começamos a dormir juntos – com exceção das vezes em que Marcos teve de viajar a trabalho –, que cada um dormiu em sua própria casa. Simulei uma dor de cabeça e ele entendeu direitinho o recado.

Foi estranho voltar a ficar sozinha na grande cama de casal de meu quarto, mas eu realmente preciso de um tempo pra pensar.

Dia 67

Desmarquei a minha viagem com Marcos. Eu sei que você deve estar achando um pouco precipitado de minha parte, mas achei melhor dar um tempo nesse lance entre nós dois.

A verdade é que não sei lidar com ciúme. Andei até lendo uns livros de auto-ajuda, esses últimos dias, e aumentou o meu medo de que essa reação de Marcos comece a se intensificar. Pelo que dizem os autores, em muitos casos o problema começa exatamente como o meu: o homem se perturba com a suposta atenção que a mulher recebe de outros caras, passando, muitas vezes, a ir tirar satisfação com algum incauto passante; após algum tempo, porém, além de culpar os outros caras, ele começa a achar que a mulher anda flertando também, e aí é que começam as agressões físicas.

Bem, eu sei que no meu caso, pelo menos no que se refere ao segundo incidente, a coisa extrapolou um pouco, uma vez que Marcos pegou André me lascando um beijo. Então eu me pergunto: qual a reação que um cara calmo e controlado deveria ter? Talvez esperar que o tal beijo terminasse e ir ter um tête-à-tête com o outro, ameaças permitidas nessa situação? Ou isso é querer demais? O que significaria dizer que a reação de Marcos foi normal e previsível?

Pensei em conversar com Armando a respeito, mas não sei se vou me sentir confortável pra discutir esse assunto com ele. Além disso, semana passada fiquei sabendo que ele anda saindo com alguém e um sentimento estranho – que eu me recusei a identificar como o odiável ciúme – assolou meu peito.

Conversei com Carla e Lúcia pelo telefone e pessoalmente com Isadora. Enquanto Carla acha que não tinha razão pra eu tomar a atitude que tomei, e que deveria ter conversado melhor com Marcos sobre o ocorrido, Lúcia e Isadora pensam que um pequeno distanciamento entre nós dois não pode fazer mal nenhum; que a distância vai ser boa pra nós dois vermos qual o grau de seriedade que queremos nesse nosso romance.

Na verdade, pensando agora, acho que esse é exatamente o ponto de desarmonia entre Marcos e eu. Apesar de, não nego, já ter fantasiado em nós dois nos casando, eu ando gostando muito do jeito que a coisa está, pra pensar em mudar. Quer dizer, é tão bom ficar namorando, cada um tendo sua casa e uma certa independência de vida, livre daquele punhado de obrigações que vêm sempre junto com o casamento. Não que eu não ache que o futuro não possa trazer esse nível de comprometimento entre nós dois. Mas eu não estou preparada pra ele agora. Comparada com a de Marcos, a minha separação é recente. Ele já teve a oportunidade de voltar a desfrutar doidamente da vida de solteiro; eu não. Ainda estou na fase de querer aproveitar essa liberdade – na medida do possível, claro, tendo em vista que tenho que harmonizá-la com o nosso romance.

Ontem, aliás, eu tentei ter esse tipo de conversa com ele, logo após ter dado a notícia de que não iria mais viajar. Ele recebeu tudo muito mal. Mais, me pareceu, o fato de eu não viajar do que o fato de eu não querer tornar o nosso relacionamento ainda mais sério. Pra ser muito sincera, ele ficou bem puto comigo. Falou que eu estava sendo infantil e ingênua e que estava me acovardando com o nosso primeiro problema. Disse, também, que já não estava tão certo se o nosso relacionamento podia trazer um futuro em comum, afirmação de que não gostei nem um pouco.

Tentei explicar que o incidente na festa da concessionária tinha me deixado um bocado assustada, ao que Marcos contra-argumentou que eu realmente estava com o cara errado, se achava que ele não reagiria numa situação daquelas.

Eu pedi desculpas por atrapalhar os planos de férias dele. Marcos ficou calado. Mal nos despedimos antes de desligar. Fiquei com um nó ardido na garganta o dia todo.

Dia 68

Dia vinte e quatro de Dezembro.

Estou tentando não ficar deprimida. Acabei de chegar do salão, com as unhas pintadas, o cabelo arrumado e com cor diferente – enfim resolvi fazer luzes pra disfarçar os fios brancos – e as sobrancelhas feitas. Estou usando um vestido comprado no ano passado, mas lindos sapatos novos.

Davi e eu vamos dar uma chegadinha na casa dos meus sogros só pra uma rápida troca de presentes – pois Armando estará lá com a nova namorada (*Argh!*) – e depois rumamos pra casa do irmão de meu pai, onde se reunirá toda a família.

Há quatro dias não tenho notícias de Marcos. Estou achando que cometi um enorme erro, apesar de ainda não saber direito se estamos oficialmente rompidos. Segundo minhas amigas, o erro maior foi ter brigado com o namorado às vésperas das festas de final de ano – atitude que, segundo Lúcia, não deve ser tomada, mesmo que a relação esteja uma merda, o que, obviamente, não era o nosso caso. Pelo menos não tive que gastar meu dinheiro com presente pra ele, se é que isso chega a ser algum consolo. Tinha feito compras pra todos de minha lista, menos pra Marcos. Não andava inspirada esses últimos dias.

Pensando bem, antes sem namorado, mas com grana no bolso, do que não ter nenhum dos dois. Ando tentando me animar com isso, mas sem muito sucesso. A minha vontade, na verdade, era deitar na cama, me cobrir com o lençol e esquecer que o mundo existe.

Ó vida cruel!

* * * * *

Dia 69

Estou com um laptop no colo, admirando o mar azul à minha frente. Isadora me convenceu a viajar com ela pra Porto Seguro. Resisti um pouco porque, pra falar a verdade, fiquei com a esperança de que Marcos me ligasse. Afinal, ante a insistência de minha amiga, e achando que não valia a pena criar raiz na frente do telefone, resolvi passar uns dias na praia com ela. Graças a Deus! Não podia ter feito escolha melhor. Apesar de o coração estar apertado de saudade de Marcos, aquele marzão e a areia branca estão trazendo paz pra minha doída alma. Além disso, eu estou sendo cortejada por um feioso, mas simpático rapaz, que está hospedado na mesma pousada que nós duas. Apesar de não ter nenhuma intenção de deixar algo a mais vir a acontecer entre nós dois, sem dúvida a paquera está fazendo muito bem ao meu ego.

"De novo escrevendo, Bia?"

Olhei pra minha molhada/bronzeada amiga e sorri.

"Esse lance de escrever um diário é uma terapia, Isa. E depois se eu conseguir a publicação de meu primeiro romance, eu já tenho outra história pra publicar logo em seguida."

Isadora se secou na toalha e voltou a deitar-se na esteira.

"Mas você não tem medo de publicar algo autobiográfico?"

Dei de ombros.

"Além de você, Carla e Lúcia, e obviamente eu, quem mais vai saber que tudo o que está escrito é verdadeiro?"

Isadora não parecia convencida.

"Você não acha que Armando poderia ficar chateado de saber que você, já muito antes da separação, andava paquerando Marcos?"

"Eu não andava paquerando Marcos", me defendi.

"Ah, não?" perguntou Isadora, uma pontada de ironia na voz.

"Não paquerando, paquerando... eu só dava umas olhadinhas... quem disse que mulher casada não pode admirar o que é belo?"

"Claro que pode, mas não quando ela tem na cabeça pensamentos pra lá de impuros..."

"Eu não fiz nada de que possa me arrepender... eu nem mesmo cheguei a conversar com ele enquanto estava casada com Armando..."

E continuei, baixinho:

"E, depois, trair em pensamento não é o mesmo que trair de verdade."

Isadora começou a passar óleo nas pernas.

"Tudo bem, pode até ser que não seja... mas o que será que Armando vai achar de tudo isso?"

Depois de pensar por alguns instantes, respondi:

"Eu posso alterar um pouco alguns fatos... mudar os nomes... contar, por exemplo, que vi Marcos, pela primeira vez, somente depois da separação..."

Isadora murmurou sua aprovação, deitou-se de costas e fechou os olhos. Ainda com o pequeno computador no colo, estiquei as pernas para o sol, mas mantive o rosto na sombra. Uma jovem senhora como eu não pode se dar ao luxo de dar espaço pra mais manchas no rosto. Isadora não se preocupava com isso, pois tinha uma maravilhosa pele dourada, que parecia ser imune ao sol. Já eu, tinha uma pele que variava entre o branco esquálido e os mais diferentes tons de rosa. Sou daquelas pessoas que nunca ficam bronzeadas. O máximo que consigo é um rosa mais animado, bem próximo do vermelho.

Droga! Acabei de lembrar que Marcos adorava comparar os tons de nossas peles. Ele espalmava a mão na minha barriga e ficava observando a diferença de cores. Foi o único homem a apreciar a minha pele branquela e sem marcas de biquíni (pelo menos foi o único a afirmar isso). Armando nunca se manifestou quanto ao assunto e André sugeriu que eu tomasse um solzinho.

Será que Marcos nunca vai ver o resultado desse sol todo em mim? Eu ando com uma sensação ruim, achando que talvez não consigamos voltar a engatilhar o nosso romance. Aliás, relendo o que escrevi aí atrás, fiquei em choque quando percebi que andei colocando o verbo no passado quando me referi a Marcos. É adorava em vez de adora; é espalmava em vez de espalma. Realmente isso não pode ser um bom sinal.

Dia 70

Isadora, eu, o cara feioso e um amigo do cara feioso – que não é feio – saímos pra uma boate. Isadora e o tal amigo, cujo nome é Thiago, passaram boa parte do tempo aos beijos. Eu e Carlos, o feioso, engatamos um bom papo, sem maiores contatos físicos.

Antes da meia-noite, porém, Carlos saiu. Disse que tinha que se encontrar com um amigo não sei onde, mentira que eu detectei de longe. Mas nem encuquei com isso. Pela primeira vez não me importei de ficar sozinha – Isadora e Thiago só tinham olhos um para o outro. Totalmente à vontade, sacolejei o corpo no centro da pista de dança, de olhos fechados.

Foi quando aconteceu. Braços fortes me envolveram e uma boca quente se juntou a minha. Eu retribui o beijo sem nenhuma preocupação por não saber quem era o dono da boca. Fantasiei que era Marcos, apesar de saber que ele era bem mais alto do que o homem que me tinha firme em seus braços. Nós só nos separamos quando a música acabou. Abri os olhos e reconheci o cara à minha frente. Tínhamos trocado algumas poucas palavras quando eu fui ao bar comprar cerveja, logo após a saída do Carlos. Depois disso, tinha rolado um flertinho leve, mais da minha parte do que da dele – eu estava já meio altinha e com saudades de Marcos. Assim também não há quem agüente, né? Mas, pelo jeito, ele também tinha gostado de mim, ou não conseguido melhor companhia... O fato é que Adriano e eu dançamos e nos beijamos muito. Quando, lá por volta das quatro da manhã, ele me convidou pra ir até a pousada em que estava hospedado, eu respondi com um enfático 'não'. Sou louca, mas non troppo.

Dia 71

Hoje falei com Davi ao telefone. Ele e Armando estão em Atlanta, revendo antigos amigos da época em que moramos lá. Depois irão passear pelas redondezas e passar alguns dias em uma praia na costa da Georgia. Falando com o meu filho e ouvindo notícias de nossos antigos vizinhos, fiquei com uma enorme saudade da época que passamos lá. Saudade, principalmente, da minha querida amiga americana, Orenda, com a qual ainda hoje mantenho contato.

Pensando nisso, decidi ligar, da pousada mesmo, pra ela. Conversamos mais de uma hora e eu só desliguei quando lembrei que não podia mais contar com o dinheiro de Armando para as minhas extravagâncias. Prometi que, na primeira oportunidade, iria visitá-la levando Marcos a tiracolo – se conseguíssemos, claro, reavivar o nosso romance até lá.

Desde o nosso desentendimento, nós não nos falamos mais. Eu sei que ele ia viajar com a filha e depois passar sozinho alguns dias na praia. Quer dizer, eu espero que seja sozinho. *Ai, será?*

Que droga, agora não consigo deixar de imaginar cenas de Marcos beijando outras mulheres... na praia... na boate... Se arrependimento matasse, eu cairia durinha aqui no chão... eu não tinha nada que ter agarrado o primeiro homem gostoso que me apareceu na frente. Estou chateada com o meu comportamento. Será que eu sou dessas mulheres infiéis?

* * * * *

"Até onde a gente sabe, Bia, vocês estão rompidos", me afirmou Isadora, mais tarde, após eu compartilhar com ela minhas terríveis dúvidas.

"Você não achava isso vinte dias atrás!", respondi, horrorizada.

"Exatamente... mas veja bem, ele não te ligou no Natal ou no Ano Novo... isso só pode levar a essa conclusão, né?"

"Eu também não liguei pra ele..."

"Você não sabe o número dele, Beatriz... enquanto ele sabia que você ficaria esse tempo todo em casa."

"Ele pode ter tentado agora... bem que falei que eu não devia viajar. .."

"Não seja ridícula, mulher... você agora ia passar as férias inteiras em Brasília só porque ele poderia ligar pra você?"

Suspirei.

"Eu sei, é ridículo..."

"Você deixou a secretária eletrônica ligada?"

"Deixei."

"Então... quando você voltar pode ser que a máquina esteja abarrotada de mensagens dele."

"Ele tem o número de telefone de meus pais", lembrei repentinamente. Se bem que não conseguia imaginar Marcos ligando pra eles e pedindo notícias minhas, ainda mais porque eles ainda não se conheciam pessoalmente. *Ainda? Ai que frio ruim na barriga!*

"Então, realmente e infelizmente, a minha conclusão continua valendo, Bia. Ele tinha como localizar você, mas nem mesmo tentou... o que significa dizer que vocês estão rompidos mesmo... e o que significa dizer que você não foi infiel."

Eu saí da sombra da barraca e me deitei de costas ao sol. *Fodam-se as manchas do rosto, foda-se se o rosa animado vai virar um vermelho amalucado!*

* * * * *

"Eu preferia ter sido infiel..."

Isadora segurou a minha mão e eu me concentrei pra não chorar.

"Vocês podem estar rompidos agora, amiga, mas não quer dizer que não possam se reconciliar... a química entre vocês dois é evidente, Beatriz... Marcos sempre me pareceu estar apaixonado por você."

Pensei alguns segundos, respirei fundo, e voltei pra sombra protetora da barraca.

Dia 72

Início de fevereiro, volta ao trabalho. Estou completamente sem pique e com inveja das minhas colegas que passaram ótimas férias. Não que as minhas tenham sido uma droga, eu até que me diverti com Isadora e consegui relaxar. Mas quando me lembro que essas férias deveriam ter sido maravilhosas, uma vez que deveriam ter sido passadas na companhia de Marcos, eu me deprimo.

Melhor não pensar nisso, então.

Mergulhei no trabalho como há muito não fazia. Fiz um curso de duas semanas de Direito Administrativo e um de Português. Nunca é demais lembrar as inúmeras e odiosas regrinhas de gramática.

Nada de Marcos.

Dia 73

Pela primeira vez, eu e Davi dormimos no latifúndio dado pelos meus sogros. Há duas casas na fazenda; uma que é usada pelo caseiro e outra que Seu Fernando fez questão de arrumar pra nós. A experiência teria sido melhor se eu não me lembrasse constantemente dos pobres tourinhos no pasto. Alguns já comem nas minhas mãos.

Dia 74

Bati minha Mercedes. Nada muito grave mas fiquei nervosíssima na hora. Sem pensar, disquei o número de Marcos. O celular estava desviado para o escritório. A secretária atendeu e perguntou se era algo urgente, pois ele estava em reunião. Desliguei sem deixar recado. Afinal consegui resolver tudo sozinha e me senti muito bem por isso. Nem me importei com os quatro pontos no alto da testa.

Dia 75

Estou feliz novamente.

Estava voltando da casa de meus pais com Seu Oripes, quando um carro atrás de nós começou a buzinar e dar sinal de luz. Por conta do acidente de ontem, eu nem virei o rosto, pois estou com o pescoço meio duro, e disse ao Seu Oripes que passasse pra faixa da direita pra deixar o apressadinho passar. O carro emparelhou com a gente e o motorista desceu a janela.

Marcos!

Eu fiquei meio atônita. Fazia quase dois meses que não nos víamos ou nos falávamos. Mandei Seu Oripes parar no acostamento.

Marcos estacionou logo à frente, saiu do carro e, após abrir a porta traseira do Civic, me puxou pra fora.

"Que droga, Bia, por que você não me ligou?"

Fiquei confusa.

"Mas você viajou e eu não tinha o seu telefone e..."

Ele interrompeu:

"Por que você não ligou pra contar do acidente?"

Ele puxou o meu cabelo pra trás e descobriu o curativo.

"Não foi nada sério..."

"Não foi nada sério?", repetiu ele com a voz entre atônita e irritada.

"Eu liguei, mas você estava em reunião..."

"Por que você não mandou me chamar?"

"Eu não queria atrapalhar."

Ele nem se deu ao trabalho de responder. Marcos me abraçou apertado e, voltando-se para o motorista, que já era seu conhecido, disse:

"Pode deixar que eu a levo em casa, Seu Oripes."

Seu Oripes parecia incerto quanto ao que fazer, coisa de que eu gostei, tendo em vista que ele é meu empregado e não de Marcos.

"Dona Beatriz?"

"Pode ir... eu não me demoro."

Entrei no carro de Marcos, mas nós não tomamos o mesmo caminho que Seu Oripes. Pelo jeito, afinal, tão cedo eu não estaria de volta em casa.

"Você tem trabalho hoje?"

"Eu estou de licença", respondi.

"E não foi nada sério, não é?", disse ele com a voz um tanto irônica.

Eu fiquei calada. Realmente não pretendia discutir naquele nosso reencontro.

Só voltamos a conversar quando chegamos ao Pontão. Marcos comprou um suco pra mim e sentamos na sombra de um grande eucalipto.

"Gostei das luzes no cabelo, Bia, combinou com você."

Eu agradeci, sem revelar a ele que o real objetivo era disfarçar os fios brancos.

"Como você me encontrou?"

"Kris Kelly", respondeu ele.

"Kris Kelly?", repeti sem entender bem. Acho que estava meio lerda nesse dia.

"Somente na noite de ontem é que recebi o recado de que uma mulher tinha procurado por mim. Conversei com a secretária, e ela disse que estava certa de ter sido você. Como já passava das dez, eu achei que estava muito tarde pra ligar. Hoje, quando telefonei, você tinha saído. Kris Kelly, muito gentilmente, me contou tudo o que aconteceu."

"Não sabia que ela era fofoqueira", murmurei, tentando não tecer comentários sobre o fato de ele ter ficado no trabalho, na companhia da secretária, até altas horas da noite.

Marcos sorriu.

"Ela gosta de mim."

Eu fiz uma careta.

"Por que você não estava com cinto, Beatriz?"

Pela quinquagésima segunda vez, respondi àquela pergunta:

"Porque eu só ia na locadora de vídeo... é do lado de casa..." *e Kris Kelly tinha acabado de passar a roupa e eu não queria amassar...*

E continuei:

"E depois, Marcos, eu não lhe devo nenhuma explicação... até onde eu saiba, o nosso romance terminou."

Ele ficou um segundo calado. Depois perguntou, em voz baixa:

"É isso mesmo que você quer?"

Fiz que não com a cabeça e imediatamente me arrependi, quando a dor no pescoço me lembrou de que não podia fazer aquele movimento.

Marcos me beijou a ponta do nariz, o queixo, os olhos, me beijou atrás da orelha, a nuca, me beijou o pescoço, me beijou a boca.

* * * * *

Saímos de lá direto pra casa dele. Fizemos amor o resto da manhã, almoçamos pizza e fizemos mais amor pela tarde afora. Somente depois de o corpo estar saciado e inteiramente letárgico é que sentamos pra conversar.

"Eu te liguei várias vezes em janeiro, Beatriz... a secretária eletrônica atendeu em todas as ocasiões e eu não quis deixar recado."

"Eu passei uns dias na praia com Isadora."

"Eu sei, Kris Kelly contou."

Eu esbocei um sorriso semi-sarcástico. Ele continuou:

"Ela se preocupa com você."

Eu nada respondi. No devido tempo, teria uma conversinha com minha "leal" empregada.

"Por que você não me ligou, Bia... quer dizer, depois de ter voltado... você sabia que eu estaria de volta no final de janeiro."

"Eu achei que você não queria mais nada comigo."

"De onde você tirou isso?"

"Você não ligou no Natal nem no Ano Novo, Marcos..."

"Você também não me ligou..."

"Eu não tinha o seu telefone."

"Não tinha o celular?"

"Você disse que sempre desliga nas férias."

"Bem... eu não desliguei dessa vez."

Fiquei algum tempo calada.

"Você disse que não sabia se o nosso relacionamento podia dar certo", disse, enfim.

"E você disse que não sabia se queria ter um romance com um adolescente metido a valente."

Eu tinha falado aquilo?

"Eu não acho isso e peço desculpas, mas eu tenho que confessar que fiquei um pouquinho assustada naquele dia."

"Eu nunca iria te machucar, Beatriz."

"Mas e o coitado do André?"

Ele levantou uma sobrancelha.

"O coitado do André?"

"Ele é um menino, Marcos... Você socou o coitado!"

"Primeiro, Beatriz, ele beijou você... aliás, ele forçou um beijo, se eu não estou enganado... estou?"

Cuidadosamente, balancei a cabeça em negativa. Ele continuou.

"Segundo, eu não pretendia fazer nada além do que fiz... só uma assustada pra mostrar a ele que ninguém mexe com mulher minha."

Pensei que podíamos ter passado sem aquela última frase machista, mas achei que aquele instante não era uma boa oportunidade pra comentar o detalhe. Por outro lado, pra ser bem honesta, eu gostava de saber que ele tinha toda aquela possessividade. No meu entender, aquilo só podia significar que ele me valorizava muito, não é?

Mas eu queria mesmo era saber quando, afinal, ele pretendia entrar em contato comigo. Se não fosse pelo acidente, nós ainda estaríamos separados? Bendito acidente, então!

Marcos começou a explicar, antes mesmo de eu perguntar:

"Eu cheguei a Brasília no dia 30 de janeiro, passei dois dias aqui, resolvendo problemas do escritório e depois tive que ir a São Paulo. Desde então, tenho ficado lá e cá, numa correria louca. Mas eu não me esqueci um minuto de você."

"Mas não lembrou o suficiente pra me ligar..."

Fiquei arrependida no instante em que disse isso. Estava parecendo uma mulher chorona, que suplica por carinho e atenção. *Tudo bem que eu fosse uma, mas ele não precisava saber.*

Ele não pareceu aborrecido com a minha resposta.

"Eu fiquei com medo de você ainda estar brava comigo... e aí achei que talvez valesse a pena esperar até uma data muito especial... você uma vez me disse que fica meio sentimental no seu aniversário... e eu achei que podia aproveitar a ocasião pra reconquistar você."

Ele não tinha esquecido o aniversário então. Eu sorri.

Marcos se levantou e abriu uma das gavetas da cômoda do quarto. Tirou de lá um pequeno embrulho vermelho e o entregou a mim.

Eu segurei o presente.

"Faltam ainda alguns dias"

"Abre."

Dentro do embrulho havia uma caixinha de veludo preto. Eu a abri e admirei a linda gargantilha com um pingente em formato de trevo, os dois em ouro amarelo.

"É lindo, Marcos."

Ele sentou-se atrás de mim e colocou a jóia em meu pescoço. Depois voltou a levantar-se e, por alguns instantes, ficou estudando o colar e, depois, o meu corpo nu.

"Você é linda, Beatriz."

Eu sorri.

"Gostou da marquinha do biquíni?"

"Muito."

"Eu fiquei bem bronzeada, Marcos."

"Você é linda de qualquer jeito... branquela ou rosadinha, não importa..."

"Bronzeada, Marcos."

Ele riu.

"Bronzeada, meu amor."

E continuou:

"Vira."

"Como?"

"De costas, Bia. Vira de costas."

Eu deitei de bruços e Marcos sentou-se na cama. Ele acariciou as minhas pernas, as coxas, e subiu a mão quente para o meu bumbum.

"Você tem o traseirinho mais redondo e bem feito que eu já vi, Beatriz."

Eu ri alto.

"Ele é todo seu."

E Marcos passou a agir como se não tivesse nenhuma dúvida de que assim fosse.

Dia 76

Então Marcos e eu voltamos às boas, se bem que ainda haja certas coisas não resolvidas entre nós. Como, por exemplo, o grau de seriedade que esse nosso relacionamento vai ter. Eu quero algo mais leve e despreocupado, enquanto Marcos parece querer algo bem mais sério. Não sei bem se mais sério no estilo casamento, mas eu diria que um comprometimento bem próximo disso. Ontem mesmo ele veio com a história de que adoraria ter um filho comigo. Eu gelei. Primeiro, porque isso só pode significar que, efetivamente, as nossas idéias quanto a esse romance são bem diferentes; depois, porque eu não pretendo ter mais filhos. Não foi por outra razão, aliás, que eu coloquei o implante de anticoncepcional em meu braço.

Graças a Deus ele não me pressionou por uma resposta. Pra falar a verdade, parecia não estar esperando nenhuma. Eu digo isso porque nós dois estávamos no melhor dos humores, relaxados e satisfeitos, e eu não queria me desentender com ele. Pelo menos, não naquele instante. Mas eu sei que mais cedo ou mais tarde terei que enfrentar esse problema.

Enfim, combinamos que ele, hoje, dorme aqui em casa e que, amanhã, sábado, eu o apresentarei aos meus pais. Curiosamente Davi pareceu contente quando soube que eu e Marcos reatamos. Quando perguntei a razão, ele disse que eu fico insuportavelmente chata quando estou sem namorado. O que dizer? A não ser que quem pergunta quer ouvir...

Dia 77

O almoço de sábado foi um sucesso. Marcos foi muito simpático com meus pais e vice-versa. Nós comemos bem, conversamos bastante e saímos de lá, direto pra cama, por volta das 3 da tarde. Eu fiquei meio altinha, mas, dessa vez tive a impressão de que Marcos não se incomodou. Só não gostei da parte em que meu pai e Marcos começaram a falar sobre a importância de se usar cinto de segurança. Me senti como uma garotinha de 5 anos de idade.

"Você se comportou como uma", afirmou Marcos, horas depois, quando eu reclamei com ele do discurso que tive de ouvir.

Com um sorriso de escárnio nos lábios, levantei a mão direita e mostrei o dedo do meio pra ele.

Marcos sorriu.

"É melhor você ficar boazinha, não se irrita um cara do meu tamanho assim impunemente."

"E a pena seria?"

"Eu posso começar colocando você nos meus joelhos e lhe aplicando um corretivo neste lindo traseirinho."

"Você não ousaria..."

"Não?"

Naquele instante, fiquei muito séria. Marcos estava sorrindo e, pelo jeito, adorando o rumo que aquela conversa estava tomando. Estacionou o carro na garagem da casa dele e ficou me olhando meio de lado, como se esperando pra ver o que eu ia fazer.

"Homem nenhum nunca encostou a mão em mim... nem mesmo meu pai."

"Então talvez esteja na hora de mudar um pouco isso."

"Marcos, nem vem... eu não estou gostando dessa conversa."

"Não?"

Eu pulei do carro quando ele fez menção de segurar um de meus pulsos. Entrei na casa dele correndo, aproveitando a porta deixada aberta pela faxineira, que já estava de saída (sim, eu também não conheço outras faxineiras que trabalhem no sábado).

Marcos me alcançou no quarto. Começou a me fazer cosquinhas quando viu que eu estava realmente amedrontada com o que ele pudesse vir a aprontar. Os meus risos só pararam quando me vi na exata posição que Marcos havia ameaçado me colocar.

"Nem tenta, Marcos, eu não tenho qualquer tendência sadomasoquista."

Ele, no entanto, levantou a minha saia, abaixou a calcinha e por algum tempo ficou só me acariciando. Quando o primeiro tapa aterrissou na minha pele eu gemi de surpresa, no segundo e terceiro eu assaquei impropérios ao homem que me mantinha muito bem presa.

Eu sabia que era uma brincadeira, e os tapas, na verdade, mal doíam, mas mesmo assim fiquei furiosa. Não que eu desconheça que alguns casais gostam de práticas pouco ortodoxas pra apimentar a vida sexual, mas, naquele instante, eu não conseguia nem pensar se podia ter prazer com aquilo. Eu só me imaginava estrangulando o troglodita.

Depois do quarto tapa, Marcos me jogou na cama, já me virando o corpo no ar, e me penetrou antes mesmo de eu poder me dar conta do que estava acontecendo.

Eu descontei toda a minha fúria nas costas dele, mas o homem nem percebeu. Ele me fez gozar duas vezes, antes de gozar também. Depois deitou-se de lado, me envolveu com os braços e fechou os olhos.

* * * * *

"Durma, meu amor."

"Eu vou dormir, mas depois vou te matar", prometi, sem qualquer convicção na voz, porém. E, ali, encostada ao peito de Marcos, ouvindo a cadência ritmada do coração dele, não pude evitar de pensar que, a cada dia que passa, fico mais e mais envolvida pelo troglodita encantador. É como se Marcos tivesse jogado uma rede, eficientemente me aprisionando, e me puxasse aos poucos pra perto dele. Ele puxa, diminuindo a distância entre nós dois, e me prendendo cada dia um bocadinho mais, com afeto e atenção. Até uma brincadeira tresloucada servia pra assegurar o objetivo dele. Marcos tinha feito a minha surpresa e horror se transformarem em prazer. Eu mesma estava um tanto espantada e ainda não disposta a reconhecer aquela verdade.

"Tudo bem", ele respondeu, após beijar o alto de minha cabeça.

E a última coisa que pensei foi que aquele descarado filho da mãe estava roubando o meu coração, e que eu estou gostando disso.

Dia 78

Hoje eu tive uma boa notícia. O maravilhoso do meu sogro conseguiu compradores para os meus tourinhos. Garantiu que nenhum irá para o matadouro, pelo menos não nos próximos anos. Já me dei por satisfeita com isso. Obviamente não posso fazer os interessados assinarem um termo em que se comprometem a manter eternamente os touros em suas fazendas. Pelo menos vários anos de transas e vida mansa eles terão pela frente. Foi o que me garantiu Seu Fernando. Estou feliz com isso e com o bom dinheiro que vai entrar em minha conta bancária, que NÃO será reinvestido na compra de novos bezerros, pra grande decepção de meu sogro. Agora só falta dar um jeito de me livrar do latifúndio, sem ofender os pais de Armando. Isso sim é que será difícil.

Dia 79

Fizemos uma reuniãozinha, na casa de Marcos, pra comemorar o meu aniversário. Eu meio que pretendia ignorar a data, mas Marcos fez questão de chamar algumas pessoas mais chegadas.

O meu trio de amigas pareceu mais encantado com ele dessa vez. Até mesmo Lúcia teve que concordar que a nossa breve separação tinha dado bons frutos. Segundo elas, Marcos está apaixonadíssimo por mim. A aposta é que nos casamos até o final do ano.

"Eu não sei se quero me casar", afirmei em voz baixa.

"Algo me diz que, com esse aí, é tudo ou nada, Beatriz", disse Carla, e continuou, "ele não vai se satisfazer em continuar sendo só o seu namorado por muito mais tempo não."

"Vamos ver", respondi, sem querer esticar aquele assunto.

Um gritinho de Isadora chamou a atenção de todas nós. Ela olhava fixamente para os dois homens que se aproximavam de nosso quarteto: Marcos e Thiago, o tal que tinha ficado com Isadora na praia.

"Ele veio mesmo", sussurrou Lúcia.

"E é um gato", complementou Carla.

Eu estudei – com total isenção estética – os dois homens e cheguei facilmente à conclusão que o meu Marcos era incomparavelmente mais bonito que Thiago. Não só mais bonito, mas mais sexy também. "Um deus grego", como costuma dizer Carla.

Eu e Isadora cumprimentamos Thiago e o apresentamos a Carla e Lúcia. Depois deixei o meu trio de amigas cuidando do recém-chegado e fui ajudar Marcos na cozinha.

* * * * *

Ele havia encomendado tábuas de frios e pães variados. Estava tudo muito arrumado e eu achei uma gracinha ele ter feito aquilo sozinho – depois soube que a irmã, Márcia, o havia ajudado, mas isso não diminuiu o valor do esforço. Agora, já estou aqui nervosa pensando no que terei que fazer no aniversário dele, daqui a três meses, pra retribuir o gesto carinhoso. Tinha conversado sobre isso com minhas amigas, logo antes da chegada de Thiago, e Lúcia respondeu, na lata:

"Sexo, ele sempre fica satisfeito com isso."

Eu sorri. Realmente aquilo era uma coisa de que Marcos gostava, e muito.

"Ou já virou arroz com feijão?", perguntou ela.

"Arroz com feijão?... Não, não, muito longe disso", respondi, não podendo deixar de lembrar o insaciável e criativo homem que tinha na cama. Apesar da insistência de meu trio de amigas, me recusei a dar qualquer detalhe. Eu meio que já havia caído na tentação antes e não queria pecar novamente. Marcos ficaria furioso, e eu mesma sabia que os nossos momentos de intimidade eram especiais demais pra serem compartilhados com outras pessoas.

Dia 80

Hoje, eu e Marcos fomos buscar a Mercedes na concessionária. Quando lá chegamos, ele me puxou pra ver alguns carros novos em exposição. Começou com uma longa história de como os consertos na lataria do carro não eram capazes de deixar o veículo perfeito como antes; que, numa batida de médio porte como a minha – já tínhamos discutido esse específico tópico alguns dias antes, ocasião em que NÃO consegui convencê-lo de que a minha NÃO era uma dessa –, o melhor era passar o carro adiante e comprar outro. Fiquei olhando desconfiada pra ele. Ele parecia um tanto sem jeito, coisa que nunca tinha visto antes, mas, enquanto dava a volta numa Mercedes igualzinha à minha, continuou com a ladainha de que eu deveria trocar o meu carro por um zero.

Eu cruzei os braços por sobre o peito e fiquei observando o homem que estudava cada detalhe do carro estacionado na sua frente. Ou ele achava que eu era muito rica ou achava que eu era muito tresloucada. Provavelmente a última opção.

Marcos parou com a inspeção e me olhou.

"A diferença de preço entre os dois carros não é muita... eu já conversei com o vendedor e..."

Como é que é?

Eu o interrompi, claro.

"Você já conversou com o vendedor? Quando?"

Ele esboçou um sorriso sem graça.

"Ontem..."

Eu franzi o cenho e fiquei esperando pelo resto da explicação, que não tardou a vir.

"Eu dei uma passadinha aqui ontem..."

"Sei, uma passadinha..."

Marcos passou a mão pelos cabelos e suspirou:

"Você está dificultando, Beatriz."

"E não vai ser fácil enquanto você não abrir o jogo comigo", respondi, enquanto sentava num dos sofás estrategicamente colocados ao lado do veículo.

Ele sentou-se na ponta da mesinha de centro, de frente pra mim, e falou:

"Eu não quero que você continue com a sua Mercedes."

"Sei, porque não é seguro."

"Não."

Ele suspirou e continuou, a voz baixa:

"Porque eu não quero que você use um carro que o seu ex-marido lhe deu."

Eu arregalei os olhos, surpresa. Não sei o que estava esperando, mas certamente não era nada daquilo.

"Marcos, isso não tem sentido..."

Ele desviou o olhar. Parecia altamente incomodado.

"Pode até ser... mas o fato é que me irrita saber que o carro foi um presente dele."

Eu não sabia muito o que dizer. Resolvi que o melhor era escapar daquela situação declarando o que me parecia óbvio:

"Eu não tenho dinheiro pra troca Marcos... ainda que a diferença não seja muito grande... eu ando apertada e...

Foi a vez de ele me interromper:

"Não, Beatriz, você não entendeu direito... eu vou bancar a troca dos carros..."

Eu balancei a cabeça:

"Por Deus, Marcos... isso não tem nenhum sentido... não há razão pra eu aceitar de você um presente desse."

Aquilo o irritou.

"Ah, sim, você pode aceitar do Armando, mas não pode aceitar de mim."

Eu olhei pra ele e tive a certeza de que naquele momento Marcos era o adolescente que eu supostamente o acusara de ser. Pelo menos a parte do valentão, que ele jurava também ter feito parte da acusação, não tinha mais dado sinal de vida, desde o incidente com André.

"Nós estávamos fazendo onze anos de casados, Marcos..."

Surpreendentemente, o homem ajoelhou-se aos meus pés.

"Casa comigo, Beatriz."

Oh, Deus, não agora, eu ainda não estou preparada pra isso!

Demorei alguns bons segundos pra reagir:

"Porque aí você pode se sentir no direito de me dar um carro?"

"Não, Bia... porque aí eu posso me sentir no direito de te chamar de minha mulher."

Eu achei que o casamento era dispensável, se aquele era o objetivo, uma vez que Marcos já me tratava daquela forma há um bom tempo. Aliás, quantas e quantas vezes ele já não havia se referido a mim assim? Como na suprema frase machista: "Ninguém mexe com minha mulher."

Achei melhor afastar esse assunto da cabeça, pois era certo que ia me deixar irritada.

"Você está falando sério, Marcos?"

Ele beijou as minhas mãos.

"Seriíssimo, meu amor."

Eu fiquei alguns instantes calada, enquanto observava os olhares curiosos lançados a nós dois. Pensava que, até certo ponto, tinha sido um azar me envolver com alguém que levava as coisas a sério demais. Tantos homens por aí que só queriam um namoro leve, sem maiores compromissos, e eu tinha que me envolver justamente com um que não fazia parte desse grupo.

"Eu preciso pensar... você me pegou de surpresa..."

Felizmente ele não pareceu ficar chateado.

"Mas o meu presente você aceita?"

"Eu não posso, Marcos."

Ele apertou as minhas mãos e fechou os olhos por alguns instantes:

"Bia..."

"Por favor, eu preciso de um tempo pra pensar... eu eu juro que vou pensar com muito carinho nas duas ofertas."

Ele pareceu se apaziguar com as minhas palavras.

"Escolha a cor."

"Como?"

"A cor do carro."

Jesus ele não tinha entendido nada do que eu dissera?

* * * * *

Ele continuou, já que eu provavelmente estava com uma expressão atônita no rosto.

"O carro será o meu presente de casamento... se você aceitar se casar comigo, eu já saberei qual a cor."

Eu ri.

"Você é louco, sabia?"

"Por você, eu sou, Beatriz."

Eu suspirei e disse a primeira cor que me veio à cabeça.

"Verde."

O meu num-rompante-candidato-a-futuro-marido pareceu satisfeito com a resposta. Pensando agora, acho que ficou com medo de eu escolher a cor prata, que é a cor da Mercedes dada por Armando, o que resultaria em ninguém sequer perceber que eu mudara de carro.

Deixamos a concessionária logo depois. Marcos me seguiu até o trabalho – hilariamente acho que temeu que o carro não fosse dar conta de chegar até lá – e depois rumou para o aeroporto. Achei bom, até um certo ponto, ficar os próximos dias longe dele. A nossa situação parece estar se complicando e eu preciso descobrir o que realmente quero dessa relação entre nós dois.

Dia 81

Hoje eu descobri algo horrível. Fiquei, e ainda estou, tão nervosa, que tive que fazer uma visita surpresa aos calmantes da mamãe. Não, não, não é nada de gravidez, se é isso que você está pensando. Antes, até, fosse isso...

Ó meu Deus!

Deixe eu respirar... Um, inspirar... dois, expirar.... Isso... dentro e fora, dentro e fora...

Estou uma pilha de nervos.

Acontece que hoje estava eu lá bem tranqüila embaixo do chuveiro, já pensando na volta de Marcos, quando, por acaso, descobri – tudo bem, confesso, não foi por acaso, eu estava meio que me auto-estimulando, mas não vamos entrar em detalhes... – quando, repito, descobri um caroço em um dos seios.

Nem preciso dizer que a brincadeira acabou na hora. Eu fiquei histérica e sai do chuveiro, encharcada, direto para o telefone. Só consegui falar com Lúcia, que mandou que eu marcasse, imediatamente, uma consulta na ginecologista.

Comecei a dar um piti no telefone, quando descobri que a minha médica tinha tirado o mês inteiro de fevereiro de férias. Faltou pouco pra, na minha loucura, xingar a coitada da secretária dela – coisa de que me penitencio agora, apesar de não a ponto de ligar novamente e me desculpar.

Por sorte, Lúcia me ligou logo após com o telefone de um mastologista conceituado da cidade. Depois de conseguir controlar o choro, liguei para o consultório dele e implorei por um horário para o dia seguinte. A secretária, muito paciente, disse que faria o possível pra me encaixar entre consultas. Fiquei de aparecer lá às duas da tarde. Estou um lixo.

Dia 82

Estou sob a influência de dois Valiums, e adorando. Marcos me ligou hoje, no meio da tarde, e, claro, achou a minha voz estranha. Perguntou o que estava acontecendo, mas eu não quis contar na hora. Tinha acabado de conseguir relaxar e não queria falar sobre a reviravolta que a minha vida tinha tomado naquelas últimas vinte e quatro horas. Eu desliguei o telefone com a desculpa de que precisava dormir. Isso antes das seis da tarde! Algo me diz que deixei o meu eventual-futuro-marido com a pulga atrás da orelha.

O negócio é o seguinte: eu tenho horror a essa doença, cujo nome não pronuncio, pois pode dar azar. Uma tia, muito querida pra mim, morreu há cerca de dez anos, com a tal doença na mama. Eu acompanhei todo o sofrimento dela, desde o início do diagnóstico até a mastectomia radical e, depois, as sessões de quimioterapia. Foi tudo um horror. Morria de pena dela, mas, ao mesmo tempo, admirava a coragem que ela sempre demonstrou.

Apesar disso, eu sei que a minha reação foi meio fora de propósito. Afinal, quantas mulheres, por ano, não descobrem alguma anormalidade na mama que não tem nada a ver com aquela doença? Conscientemente eu sei disso. Mas é que quando senti o caroço em mim, a primeira coisa que me veio à cabeça foi o sofrimento vivido por minha tia, e, aí, o histerismo falou mais alto.

Aliás, esse foi o motivo de eu não ter ido procurar minha mãe de imediato. Eu sei que ela também ia ficar nervosa com o meu achado. Do jeito que ela é um tanto trágica, ia já me mentalizar dentro de um caixão *(OK, talvez eu esteja exagerando um pouco...)*. Mas o fato é que eu não quero preocupá-la. Quer dizer, quando eu tiver certeza do que se trata, caso seja mesmo aquela doença *(ai, Jesus!)*, aí eu vou ter que contar a ela, mesmo porque, obviamente, vou precisar de muito colo de mãe.

A consulta no mastologista não foi das melhores. Ele fez uma ecografia da mama e depois tentou fazer uma punção, mas não foi bem-sucedido, o que significa dizer que terei que me submeter a uma micro-cirurgia. O tal procedimento médico será feito na próxima sexta-feira, na própria clínica em que o médico atende, no Setor Hospitalar Sul. Estou tentando agüentar firme até lá.

Dia 83

Hoje eu cheguei do trabalho, tomei um banho bem quente e me joguei na cama. Por sorte, Davi, que ainda está de férias, foi passar a noite na casa de um colega e não está aqui pra presenciar o meu lastimável estado de nervosismo/depressão.

Kris Kelly me chamou para o jantar, mas eu o dispensei. Estou sem os comprimidos de mamãe e me sentindo ansiosa com a mini-cirurgia de amanhã. Apesar de já ter pensado em fazer nova incursão à casa dela, achei que seria arriscado demais. Ela vai acabar percebendo a falta de seus tão preciosos calmantes. Uma droga que eu não tenha pensado em pedir uma receita ao mastologista. Aposto que ele não se recusaria a prescrever, pelo menos, uma caixinha pra mim.

Quando o sono começou a engatar, alguém começou a bater na porta de meu quarto. Não foi difícil reconhecer o dono da voz autoritária.

"Abre, Bia!"

Fiquei quieta pensando que talvez ele desistisse. Não estava a fim de encarar Marcos. Pelo menos não enquanto eu estivesse naquele estado calamitoso, e não estou nem mesmo me referindo aos olhos inchados de chorar. Na verdade não quero é que ele saiba que me falta coragem pra enfrentar um simples carocinho.

"Beatriz, abre!

Achei melhor responder alguma coisa, pelo menos pra apaziguar a fera.

"Eu já estou dormindo, Marcos."

"Não, não está, abre a porta, Bia!"

Cobri a cabeça com o lençol, rezando pra ele desistir.

"Beatriz, ou você abre, ou eu arrombo!"

Aquilo me fez levantar. Não estava muito a fim de ter que pelejar com marceneiro. Destranquei a porta e voltei correndo pra cama. Marcos entrou e sentou-se na ponta do colchão.

"Eu posso saber o que está acontecendo?"

Balancei a cabeça em concordância, mas nada falei.

"Por que você chorou, amor?"

Segurei as lágrimas pra me certificar que a pergunta dele continuaria no passado.

"Eu descobri um negócio horrível, Marcos."

Ele levantou as sobrancelhas, segurou uma de minhas mãos e ficou esperando que eu continuasse.

"Eu descobri um caroço no seio esquerdo."

Se ele ficou nervoso com a notícia, não demonstrou.

"Você procurou o médico?"

"Eu fui ao mastologista... ele fez uma ecografia e depois uma punção, mas o resultado foi inconclusivo... marcou pra amanhã a retirada do nódulo."

Marcos puxou o lençol com que eu me cobria e, como se tivesse todo o direito do mundo, abaixou as alças da camisola. Enquanto envolvia o meu seio esquerdo com uma das mãos, perguntou:

"Mas ele disse o que acha?"

"Ele disse que eu sou nova... mas que não é impossível, ainda mais levando em conta que eu tenho um caso na família..."

Marcos pressionou com a ponta do dedo o ponto dolorido e roxo onde o médico tinha introduzido a agulha.

"É bem pequeno..."

"Infelizmente tamanho não é documento."

"A que horas amanhã?"

"Às dez."

"Eu vou com você."

"Amanhã não é o dia da apresentação do projeto do novo shopping?"

Ele começou a acariciar o meu mamilo.

"Você é mais importante, Beatriz."

Eu forcei um pequeno sorriso, apesar das lágrimas que ameaçavam voltar a cair.

"Quando você ia me contar?"

"Eu não queria te preocupar sem necessidade... eu ia esperar o resultado da biópsia."

"Não é isso o que eu quero pra nós dois, Bia... eu quero poder compartilhar as coisas com você... mas fica difícil se você não confia em mim."

"Eu confio, Marcos... é só que eu estou tão lixo que não queria que você me visse assim."

Ele inclinou o corpo até beijar a minha boca.

"Nós vamos enfrentar esta juntos, está bem?... eu não vou aceitar ser deixado de lado, seja qual for sua justificativa pra isso."

"Ai, Marcos... você vai me fazer chorar de novo...", disse, num fio de voz.

Ele me abraçou e eu achei que ia voltar a me desidratar, dessa feita na camisa do homem que me mantinha segura. Mas Marcos tinha outras idéias. Ele começou a me beijar a boca, o pescoço, os ombros, os seios (*vamos deixar mama pra parte médica, OK?*) e logo nós dois estávamos no maior fogo. Fizemos amor e, naqueles minutos mágicos, esqueci de qualquer outra coisa que não fosse o homem que me tinha nos braços.

Dia 84

Quando chegamos à clínica, no dia seguinte, eu estava tão nervosa que o médico me aplicou uma injeção calmante. O hilário, se bem que na hora não achei, é que Marcos teve que me segurar, dado o meu horror a agulhas.

Pensando agora, não sei como deixei que me dessem os pontos no alto da testa, no dia do acidente de carro. Pode ser que estivesse mesmo em choque, como ouvi um dos enfermeiros comentando. *Humm... talvez, afinal, o acidente não tenha sido tão pequeno assim...*

* * * * *

Quando estava pronta pra intervenção, já calma e deitada na cama do centro cirúrgico, meu eventual-futuro-marido-pra-lá-de-dedicado falou, um meio-sorriso nos lábios:

"Talvez a gente possa convencê-lo a tirar o implante de anticoncepcional."

"Nem pensar", murmurei, sabendo que Marcos só pretendia me distrair um pouco. Ele continuou, enquanto acariciava o meu rosto:

"O médico acha que não é nada, Beatriz... você me fez acreditar que a perspectiva era muito pior do que realmente é."

"Desapontado?"

Ele levou as duas mãos ao meu pescoço e simulou que me estrangulava.

Eu ri.

"Nunca se sabe, Marcos... talvez você tenha achado que era uma boa forma de se livrar de mim."

Ele esboçou um sorriso irônico.

"Engraçadinha..."

"Segura a minha mão, está bem?"

"O tempo todo, amor."

Marcos sentou-se em um banco alto trazido por uma das enfermeiras e, enquanto esperávamos pela chegada do médico, fiquei pensando que tinha sido uma sorte eu ter dado um piti – sim, outro – quando me falaram que ninguém podia me acompanhar ao centro cirúrgico. Ameacei coisas incríveis, entre elas a de deixar a clínica de camisola e tudo. Afinal, após alguns instantes de tensão, e depois de um tête-à-tête entre Marcos e um dos funcionários da clínica, veio a autorização pra que ele entrasse comigo. Ainda hoje não sei se foram os meus gritos histéricos ou a conversa de Marcos que surtiram o efeito desejado, não que, obviamente, faça qualquer diferença.

Dia 85

Não fique aí pensando que Marcos é o genro que sua mãe queria ter. É verdade que, às vezes, ele pode ser bem paciente, mas quando o bicho está brabo é bom sair de perto.

Hoje, aliás, foi o dia de conhecer a outra face da moeda. Marcos anda preocupado com alguns problemas do trabalho e eu, por outro lado, ansiosa com o resultado da biópsia que ainda não chegou. Eu nem me lembro bem como é que a coisa começou, mas o fato é que, lá pelas tantas, nós dois estávamos discutindo, um tanto alterados.

Foi exatamente nesse momento que Armando ligou. Marcos me fuzilava com os olhos, enquanto eu atendia meu ex-marido no telefone. Eu, confesso, aproveitei pra tirar proveito da situação, pois estava meio irritada com Marcos. É que o prazo de validade da paciência dele venceu muito cedo. Ora, eu ainda estou em um momento delicado e penso que deveria ser paparicada por ele até, pelo menos, o resultado negativo do exame chegar. Se for positivo (*Oh, Deus, não posso nem pensar nessa possibilidade!*) nem preciso dizer que a paciência deverá ser infinita.

Marcos, porém, parece não concordar comigo. Mal desliguei o aparelho, ele já foi avisando:

"Eu não quero que você saia com ele, Beatriz."

"É aniversário de Cláudio, irmão de Armando. Seu Fernando e Dona Berenice, além de Davi, também estarão lá."

"Eu quero saber o que você acharia se eu resolvesse sair pra jantar com a Taís."

Não gostei da perspectiva, mas, por outro lado, o meu caso era bem diferente.

"Marcos, isso não é um encontro entre mim e Armando."

"Então não tem problema que eu vá junto."

"Vai ser uma coisa muito pequena... só nós seis... Armando não vai levar a namorada dele."

Marcos parecia desconfiado.

"Ele vai tentar dar em cima de você."

Nesse instante minha pouca paciência é que se esgotou.

"Ah, por Deus, Marcos, dá um tempo... ex-marido não dá em cima de ex-mulher."

Ou será que dá?Oh, Oh...

"A não ser que você esteja falando isso por experiência própria."

"Não seja ridícula, Bia."

"Ridícula, *eu*?"

Marcos ficou um instante calado. Ele se sentou, passou uma das mãos no cabelo e suspirou.

"Tudo bem, eu é que estou sendo o ridículo aqui."

Sentei-me do lado dele e segurei uma de suas mãos.

"Desculpe, Marcos... eu sei que ando difícil esses últimos dias."

Ele sorriu.

"Eu também não ando dos mais fáceis, não é?"

Eu o beijei e nós fizemos as pazes, como se fôssemos um casal de adolescentes. Foi bem romântico.

Dia 86

O fazer as pazes não impediu que Marcos ficasse aborrecido com a minha saída. Gastei ainda uma boa saliva tentando explicar a ele que a minha separação de Armando não significava, necessariamente, que iria deixar de conviver com Seu Fernando e Dona Berenice, uma vez que eu os tinha como meus segundos pais. Marcos só pareceu se convencer um pouco quando afirmei que todos já o conheciam de nome; que sabiam que o nosso relacionamento era sério *(ou mais ou menos sério, no que depende de mim)* e que iria apresentá-lo a eles logo que a oportunidade surgisse.

Enquanto dirigia para o restaurante não consegui parar de pensar que ainda não tinha dado uma resposta a Marcos quanto à proposta de casamento. É que, se por um lado, eu estou irreversível e verdadeiramente apaixonada por ele, por outro, não tenho a certeza de que devamos tão cedo dar esse importante passo. Eu não pretendo deixar que o meu segundo casamento seja um fracasso como o primeiro. E Marcos, às vezes, pode ser bem difícil, principalmente em relação ao ciúme e à possessividade.

Será que eu saberei contornar isso?

Pelo menos ele não anda me pressionando por uma resposta. Desde aquele dia na concessionária, nunca mais tocou no assunto, apesar de volta e meia torcer o nariz quando me vê saindo com a Mercedes. É uma coisa interessante, realmente. Não consigo me imaginar tendo essa mesma reação se Taís tivesse dado um carro de presente a Marcos. Ou será que isso é coisa de homem, conseqüência da conhecida obsessão por carros?

Uma vez Marcos me disse algo que achei hilário:

"Um homem e seu carro não é brincadeira não, Beatriz...é negócio sério e de grande importância."

Tentei não rir na hora, apesar de achar a coisa um tanto absurda. Depois me lembrei que Sílvia, uma prima, havia me dito algo sobre a paixão por carros ser uma forma dos homens tentarem resgatar a infância perdida. Achei bem interessante isso.

"Deixa o homem te dar um carro novo, se isso o faz feliz, Bia...", foi o comentário de Isadora quando ouviu, alguns dias atrás, o meu "problema ".

Lúcia e Carla pareceram concordar. Tentei argumentar que ele invadia um pouco o meu espaço, que, além de possessivo, às vezes podia ser um tanto autoritário. Nenhuma delas me deu muita bola. O consenso foi que nós estamos evidentemente apaixonados um pelo outro e que, sendo assim, qualquer problema pode ser trabalhado e resolvido. Só a questão do bebê é que ficou meio que sem solução... Mas estou sem paciência pra falar disso agora.

* * * * *

Dia 87

Sim, sobre o bebê, o negócio é simples assim: Marcos quer mais filhos, eu não. Eu já fui bem clara com Marcos, mas tive a impressão de que ele está certo de que vai me fazer mudar de idéia. Coisa que não vai, já vou logo avisando.

Não é que eu não goste de crianças, mas eu já tive a minha parcela de experiência e... foi bom, obrigada, mas uma só vez é suficiente. Esse negócio de noites mal- dormidas, choros, cólicas, amamentação, não é pra mim. Já estou velha demais pra passar por tudo isso novamente.

O que eu sei é que me dá uma preguiça danada quando penso que esse assunto ainda será causa de muito desentendimento. Vai ser difícil fazer Marcos aceitar a minha posição e, só de pensar nas discussões que estão por vir, já me dá desânimo. Da primeira e última vez que tratamos dessa questão, a conversa não chegou a terminar mal, mas Marcos ficou, obviamente, aborrecido.

Se não estou enganada – e acho que não estou – o negócio é que Marcos é doido pra ter um filho homem. E, pensando agora, se eu por acaso, numa hipótese remota e completamente improvável, resolvesse ter filhos, claro, gostaria de uma menina. Ainda bem que, tirando a fertilização artificial – coisa que, tenho certeza, nenhum de nós dois estaria disposto a fazer – ainda não é possível escolher o sexo do bebê. Senão, lá vinha outra discussão acalorada.

Bem, de qualquer forma, antes de pensar em bebês *(ou não pensar neles)*, tenho que me decidir sobre a proposta de Marcos. Estou bem tentada a aceitar, é verdade, ainda que com certo receio de estar me metendo em uma boa enrascada.

Dia 88

Enfim, o resultado chegou: tudo normal. Pelo que entendi não era nada grave, um cisto sebáceo sem maiores conseqüências.

Fiquei superaliviada e até derramei umas lágrimas abraçada ao meu incansável Marcos. Desde o último desentendimento, estamos nos dando muito bem. Marcos voltou a ser paciente o que possibilitou que eu voltasse a ficar chata, e estressada, e ansiosa. Mas por um bom motivo. Acho que com isso você tem que concordar. De qualquer forma, já resolvi que, nos próximos dias, serei um modelo de namorada/companheira/amante. Pelo menos até quando a minha paciência agüentar.

Eu, Marcos, Davi, Maria Clara e minhas três fiéis amigas saímos pra comemorar no Porcão. Agora que não tenho mais que me preocupar com o futuro dos meus tourinhos, voltei a conseguir comer carne sem me sentir culpada. O meu eventual-futuro-marido-cheio-da-grana (*Glória ao Pai!*) foi quem pagou a salgada conta. Minhas amigas, claro, adoraram, e Marcos subiu mais alguns pontos no conceito delas. Se eu me descuidar, daqui a pouco, ele estará no patamar de herói e, aí, corre o risco de elas acharem que eu é quem não sou digna desse relacionamento.

Ha! Era só o que faltava!

Davi e Maria Clara se dão mais ou menos bem. Nenhuma grande paixão de um pelo outro, mas também nenhum ódio declarado. Eles convivem civilizadamente, o que é até surpreendente pra idade que têm. Acho que, na verdade, um tem um pouco de ciúmes do outro. Nas poucas vezes em que saí com Maria Clara, percebi o nariz virado de Davi. E quando eu tenho, digamos, uma girls' talk com ela, Davi é o primeiro a fazer algum comentário sarcástico a respeito. E, obviamente, o mesmo também é verdade com relação a Marcos. Então, estamos sempre pisando em ovos quando as duas crianças estão presentes. Mas, felizmente, nada também tão sério a ponto de pensarmos duas vezes em tê-las conosco. Já discutimos a esse respeito e concluímos que, quanto mais sairmos juntos, os quatro, mais eles se acostumarão. Como diz Marcos, "ou vai ou vai". Não há outra opção.

* * * * *

Dia 89

Enfim recebi um convite formal de meus sogros pra levar Marcos à casa deles. Eu sei que, na verdade, eu é que forcei levemente a barra, mas não estou nem um pouquinho preocupada com isso. É que Marcos parece ter uma necessidade desmedida de se fazer, senão presente, pelo menos conhecido. Meio que aquela posição machista: "Ela está desacompanhada, mas tem dono". Em outras circunstâncias acho que não faria nada a respeito, uma vez que não gosto que alguém se acredite meu dono. Mas, reconheço, fiquei chateada de ter que deixar, no dia do aniversário de Cláudio, o homem sozinho em casa, com cara de poucos amigos. E, assim, fiz, propositadamente, várias menções a Marcos durante o nosso jantar, estratégia que, agora, rendeu os frutos desejados.

Eu reconheço que deve ser difícil para os meus sogros lidarem com tudo isso. Mas, depois de saber que eles já conheceram a namorada de Armando – não só isso mas receberam os dois pra ceia de Natal –, achei que já estava mais do que na minha vez.

Tudo bem que eu estou comparando a mim, nora, com Armando, que é o filho deles. O que talvez signifique dizer que eles têm que aceitar a namorada de Armando, mas não necessariamente o meu namorado. Ou melhor, talvez eles nem mesmo tivessem que conhecer o meu namorado. Mas é que, como acho que já falei, Seu Fernando e Dona Berenice sempre me trataram como filha. Até mesmo me afirmaram, logo depois da separação, que continuavam a gostar de mim da mesma forma de antes. E eles ficaram do meu lado quando levei o pé na bunda. *Tudo bem que não foi assim que aconteceu, mas se Armando não desfez o mal entendido, não sou eu quem vai desfazer.* Assim, nada mais normal do que apresentar Marcos a eles.

* * * * *

Dia 90

Hoje tivemos uma festinha de confraternização no trabalho. Estava com certa resistência a ir pois tenho um caso pepinoso pra resolver, mas acabei me forçando, pois ando com a suspeita de que estou muito anti-social. É que o tipo de trabalho que faço é um tanto solitário, e, se eu não participar um pouco das reuniões, acabo não encontrando mais ninguém.

Até que foi bom. Tinha salgados, bebidas – nada alcoólico, claro, dado que ainda estávamos no horário de expediente – e dois tipos de tortas. Comi bastante, sem me importar com a barriga – Marcos está viajando – e conversei com vários conhecidos. O paquera do trabalho estava lá, aquele que me cantou via e-mail, e um tanto de outras pessoas que eu não via há séculos. Pensando bem, desde a última festinha, um ano atrás.

Eu estava me sentindo tão simpática que até mesmo conversei, por um bom tempo, com Fernanda – e nem achei chato.

Quem é Fernanda? Bem, Fernanda Lúcia Miranda da Silva é uma colega que trabalha no setor de Recursos Humanos. Ela é, no meu maldoso entender, o modelo de mulher sem-graça, sem-estilo e sem-sal. É daquele tipo de gente que é natural candidato para o programa de transformação, passado em um canal de TV a cabo, chamado "Antes e Depois."

Pelo menos hoje eu me surpreendi de ver que Fernanda até que sabe conversar – conversar, claro, no sentido de papo interessante. Acho que ela estava num dia mais alto-astral. Não que ela seja do tipo emburrada ou deprimida, mas, hoje, a minha colega parecia mais empenhada em ser sociável.

Humm, pensando melhor, não será que sou eu que estou num dia mais sociável?

Enquanto conversava com Fernanda, não pude evitar de pensar que um banho de loja, uma maquiagem e um bom corte de cabelo fariam milagres por minha colega. Se fosse mais íntima, eu até que tentaria dar uma melhorada no visual dela. Mas nós mal nos conhecemos e nunca havíamos conversado mais do que cinco minutos. E depois quem disse que ela gostaria? Vai ver que está muito bem do jeito apagadinho que é.

Fernanda me perguntou sobre o meu livro e eu quase tive um ataque apoplético. Isso é assunto sigiloso pra mim. Fora algumas pouquíssimas pessoas – minhas três fiéis amigas, minha mãe, Armando e, agora, Marcos – ninguém mais sabe dessa minha aventura na literatura. Daí me lembrei, de repente, que havia comentado o assunto, muito por alto, com Adélia, que é meio que amiga de Fernanda. Havia pedido segredo, claro. *Ingenuidade a minha...*

Pra minha – segunda – grande surpresa, Fernanda me incentivou incrivelmente. Disse que sempre achou que eu tenho jeito pra escrita (*não sei bem de onde ela tirou isso...*), que todos devemos nos envolver com outras coisas senão a vida fica muito chata (*Fernanda falando isso?*) e que seria uma das primeiras a comprar meu livro (Uau.Uau...).

Saí da reunião felicíssima, claro, e pensando até que ponto tinha compreendido mal a Fernanda. E não é só pela parte da rasgação de seda não (*se bem que isso contou um pouco...*). Nós conversamos sobre algumas coisas bem interessantes. Falamos de música e teatro. Incrível!

Talvez, afinal, eu abra um espaço na minha lotada agenda pra Fernanda.

Dessa vez eu fui nojenta, eu sei!

Dia 91

Falta uma hora para o almoço na casa de meus sogros e, pra variar, não consigo decidir que roupa usar. Marcos, por alguns minutos, tentou me ajudar, mas, lá pelas tantas, vendo que nenhuma de suas sugestões era apreciada, saiu de fininho e se refestelou no sofá da saleta, ao lado de Davi.

O problema é que minha cabeça está muito longe daqui. Estou encucada com uma coisa que Carla me contou. Segundo ela, nas duas últimas vezes em que se encontrou com Isadora, a nossa querida amiga estava com os olhos vermelhos, supostamente de tanto chorar. Parece que o romance com Thiago não está indo muito bem. Fiquei bem preocupada. Já há alguns bons dias não falo com Isadora. Marcos anda me tomando todo o tempo disponível. E não é que eu não goste, mas eu tenho que encontrar espaço pra minhas amigas também. Fiz uma anotação mental de me encontrar com Isadora amanhã e saber tudo o que está se passando. Ela não quis se abrir com Carla, o que, por si, já é bem esquisito. Eu vou fazer a mulher falar nem que tenha que extrair a fórceps as palavras da boca dela.

Faltando uns quarenta minutos para o horário marcado por meus sogros, Marcos entrou no closet – sim, eu ainda estava lá na maior indecisão – e trancou a porta. Sem qualquer explicação, arrancou a minha calcinha, me esquentou com os dedos e me possuiu contra a parede. Tive que me controlar pra não gritar de prazer. Marcos tremeu e eu senti o gozo dele dentro de mim. Ficamos longos minutos abraçados naquela gostosa cumplicidade pós-sexo.

Foi ele quem falou primeiro:

"Mais calma?"

Sorri.

"Isso foi sexo terapêutico?"

"Você tem algo contra?", respondeu ele, beijando a ponta de meu nariz.

Eu? Imagina...

Por um milagre não chegamos atrasados ao almoço. Depois de uma rápida ida ao banheiro – não dá pra ir pra casa de Seu

Fernando e Dona Berenice cheirando a sexo, né? – aceitei a primeira roupa oferecida por Marcos. Até que ficou bom, se bem que, se fosse por mim, teria optado por algo um pouco mais glamuroso. Estou numa fase bem perua. Mas Marcos não estava mais tão paciente quanto duas horas antes e, então, achei melhor não provocar o homem.

Fomos no carro de Marcos. Ele fez absoluta questão disso, o que entendi, depois, como uma forma de, digamos, declaração de posse sobre mim. Faz certo sentido na cabeça dele. Pense comigo: se eu fosse na minha Mercedes, que, como você e meus sogros sabem, foi dada por Armando, poderia ser que eles viessem a entender que eu ainda tenho alguma ligação com o passado. Olha, isso tudo é o que eu suponho que se passe na cabeça de Marcos. Não entenda como minha opinião também, não... E, uma ligação com o passado poderia significar, também, um desejo de retorno ao antigo relacionamento... Viu como a escolha do carro pode ter relação com a vontade de reatar um ex-casamento??? *Ai, só rindo...*

Enfim, claro que não me desgastei tentando fazer com que Marcos compreendesse a insanidade daquele raciocínio deturpado. Não quero correr o risco de ele chegar na casa de meus sogros com cara de quem comeu e não gostou, pois isso é capaz de fazer Seu Fernando e Dona Berenice se arrependerem amargamente de terem nos convidado. Eu bem sei como o homem fica difícil quando contrariado.

O almoço estava bom, apesar de eu, pessoalmente, ter achado que a cozinheira errou na mão, pois a bacalhoada estava mais pra batalhoada do que pra qualquer outra coisa. *Nunca vi tanta batata assim num prato só.* Mas o vinho estava ótimo e a sobremesa, mousse de maracujá com calda da própria fruta, digna dos deuses. A conversa até que rolou bem, se bem que tenha achado os pais de Armando um pouco travados com Marcos, o que, acho, era de se esperar. Mas o mais importante é que Marcos ficou contente. Até entregou um cartão de visitas a meu sogro, dizendo que, se eles resolvessem fazer alguma reforma na casa, a firma dele garantia um preço especial. Pra falar a verdade, não entendi muito a razão de tanto puxa-saquismo, ainda mais tendo em vista que a empresa de engenharia de Marcos é especializada em projetos de grande porte.

Realmente, esse homem não é simples de entender!

Depois do almoço, Marcos e Davi foram lançar o foguete que meu filho irá apresentar na feira de ciências do colégio. O projeto do foguete é dos dois. Somente o combustível – cartucho de uns três centímetros de comprimento e o mesmo tanto de diâmetro – é que já foi comprado pronto. Como já tinha visto alguns lançamentos anteriores, metade deles bem-sucedido, devo dizer, fiquei papeando mais um pouco com meus sogros, que aproveitaram pra dizer que estavam muito contentes de ver que o meu namorado e o meu filho se davam bem.

Já na volta, fiquei matutando sobre isso. Realmente, eu tive muita sorte de encontrar um cara que se preocupe com meu filho. Mais especificamente, que se preocupe em conquistar meu filho. Não que eu também não faça isso com Maria Clara, mas a amizade de Marcos e Davi está a quilômetros luz da minha com a menina. Talvez esteja na hora de investir em novas compras no shopping. Talvez Marcos nem precise saber... Fiquei sorrindo sozinha, enquanto o observava dirigindo.

Dia 92

Marquei um encontro com Isadora em minha casa. Preferi não chamar Lúcia e Carla, por achar que talvez só com a minha presença ela se abrirá mais facilmente. Não que eu seja mais próxima de Isadora do que as nossas outras duas amigas são.

Mas é que, só havendo uma de nós, talvez ela tenha uma sensação de maior privacidade, de maior intimidade. Além do que eu, sou uma ótima ouvinte. Enquanto Carla, e principalmente Lúcia, já são do tipo de irem logo palpitando, eu sou do estilo de pensar muito antes de dizer alguma coisa, principalmente quando o assunto é grave, como parece ser.

"Não foi nada demais, Bia", me afirmou Isadora, assim que se instalou no sofá da sala.

Eu sempre pude detectar mentira a quilômetros de distância, mas achei melhor não confrontar minha amiga naquele momento.

"Por que é que vocês andaram se desentendendo, afinal?"

"Foi besteira. Sério, Bia."

"Você não quer se abrir comigo?"

Isadora levantou-se e aproximou-se do blindex que dividia a sala da varanda. Com um sorriso que me pareceu um tanto forçado, respondeu:

"Você está vendo tempestade onde não tem Beatriz. Foi briguinha de namorado, nada mais. Thiago está tendo dificuldades de se adaptar a Brasília e volta e meia a gente se desentende por conta disso."

Eu sempre achei essa história de Thiago se mudar pra Brasília meio esquisita. Até conhecer Isadora, ele morava e trabalhava em São Paulo. Mal os dois começaram um relacionamento, veio a decisão dele de se mudar pra cá. Aboletou-se no apartamento de minha amiga e, até onde se sabe, não parece muito empenhado em arranjar emprego. Pra mim a coisa está muito mal-encaminhada.

"Eu nunca soube que você se debulhava em lágrimas depois de um desentendimentozinho com namorado", falei, enfática.

"Foi Carla quem lhe disse isso, não?"

"Foi."

"Eu andei com conjuntivite."

OK, me engana que eu gosto.

Não consegui arrancar nada de minha amiga nem mesmo convencê-la a ficar mais um pouco em minha casa. Tinha esperança de que, depois de algumas taças de vinho, ela se soltasse. Aquela na minha frente não era a Isadora que eu conhecia. Algo muito estranho estava acontecendo.

Conversei com Marcos a respeito, mas tive a impressão de que ele não deu muita importância à minha preocupação. Falou qualquer coisa sobre as amizades mudarem com o passar do tempo e que, de repente, era simplesmente isso que estava acontecendo com Isadora. Não gostei nada de pensar que esse fosse o caso.

Já à noite, deitada na cama, abraçada a Marcos, horas depois de termos feito amor, fiquei pensando nisso enquanto a respiração ritmada dele roçava a minha nuca. É claro que eu não tenho mais a ilusão de amizades que vão da infância à idade adulta. Sei muito bem que, à medida que os interesses mudam, algumas pessoas se afastam, dando margem a que outras se aproximem. E também já aprendi que há uma amizade pra cada situação. Há a amiga ideal para o teatro ou o cinema, aquela que é uma perfeita companhia para as compras no shopping e, ainda, uma outra indicada pra quando queremos ter uma conversa de mais substância.

De qualquer forma, não consegui parar de pensar que talvez esse afastamento de Isadora seja irreversível. É urgente que converse com Carla e Lúcia a respeito.

Dia 93

Hoje saí do banho, com a toalha enrolada na cabeça, pra atender o telefone.

"Que droga, Marcos, por que você não falou que eu não podia atender?"

Marcos me entregou o aparelho com um sorrisinho esquisito nos lábios.

"Quem é, afinal?", mas já fui atendendo antes de ele ter a oportunidade de responder.

"Alô?"

"Beatriz Vilella?"

"Sim, é ela."

"Aqui é Mário Velloso da Palavra Literária."

Quem?

"Quem?"

"Mário Velloso, Beatriz, de Curitiba... você me mandou um manuscrito pra avaliação."

Arregalei os olhos pra Marcos. Mário Velloso, agente literário???

"O Mário Velloso, da agência literária?"

Ele riu.

"Eu mesmo, Beatriz."

Sentei na cama pra não cair.

"Eu li a história que você me mandou e gostei muito."

Concentrei-me pra manter a respiração.

Ele continuou:

"Acho que com uma ou outra mexida está pronto pra mandarmos pra algumas editoras. O que você acha?"

"O que eu acho?"

Eu estava abobada eu sei. Graças a Deus Mário parecia estar acostumado com a situação.

"Você toparia dar uma ligeira mexida no texto? Nada muito grande, somente uma ou outra alteração pra se ajustar melhor ao mercado."

"Claro, claro, sem problema."

"Você poderia vir aqui pra conversarmos pessoalmente?"

"Ir a Curitiba?"

"Sim, eu sei que é meio fora de mão pra você, mas eu acho que o trabalho renderia mais se nós nos encontrássemos pessoalmente, em vez de discutirmos os ajustes por e-mail."

"Quando?"

"Semana que vem?"

"Eu tenho que tirar alguns dias no trabalho, mas eu acho que dá pra conseguir."

"Ótimo. Você tem o meu e-mail. Mande notícias assim que tiver uma data, OK?"

Desliguei o telefone e tive um ataque de riso/choro nos braços de Marcos.

Dia 94

Bem, eu sei que o telefonema do Mário não quer dizer que eu consiga mesmo ser publicada. Mas já é um passo e tanto. Mário é dono de uma das mais prestigiadas agências literárias do país. Ele não só agencia os escritores como dá consultoria também. Na verdade, quando mandei o manuscrito, tinha mais na cabeça que ele iria me dar dicas de como melhorar a história. Juro que não esperava o interesse dele logo assim, de cara.

Claro que terei que mexer em algumas coisas. Aliás, estou curiosíssima pra saber quais são elas. Apesar de ser meio ciumenta com os meus escritos, eu pretendo controlar essa minha tendência. Não quero ser taxada, de imediato, de escritora que é difícil de se lidar. Assim estou disposta – até um certo ponto, claro – a mudar tudo o que ele achar que devo.

No trabalho não foi muito complicado conseguir quinta e sexta-feira de folga. Não sei se Mário pretendia me reter vários dias em Curitiba pra acertar o texto. Como isso não será possível –

faz pouco tempo, tirei as minhas férias –, tenho que me dar por satisfeita de poder ficar quatro dias – quinta e sexta e mais o final de semana. Espero que esse tempo seja suficiente pra discutirmos as mudanças. Talvez dê até pra eu adiantar alguma coisa enquanto estiver lá. O resto, provavelmente, terá que ser feito em Brasília mesmo.

Puxa vida! Ainda mal acredito que o meu sonho de ter um livro publicado esteja mais próximo de ser realizado. Viajo daqui a cinco dias. Muito legal!!!

Dia 95

Mário Velloso não é nada daquilo que eu pensava. Ele é baixinho, usa barba e bigode, é casado e tem seis filhos. Seis! Com a mesma mulher! Quase perguntei se ele já tinha ouvido falar em controle de natalidade. Espere só até eu ficar mais íntima que ele não escapa da pergunta.

Ele foi muito simpático e paciente. Já logo de início, detectou – não sei bem como, pois eu estava disfarçando tão bem... – a minha resistência em fazer mudanças no texto e, com muito jeito, devo admitir, me convenceu da necessidade das alterações. O único problema mesmo ficou por conta das cenas de sexo. Ele acha que eu escrevo de forma um tanto formal e quer que eu seja mais desbocada. "Combina mais com o texto", foi o que disse. Só não sei se serei capaz de fazer isso.

Na viagem de volta, minha cabeça se dividia entre tomar conta dos barulhos do avião – eu tenho essa mania de ficar prestando atenção em tudo pra certificar-me de que o aparelho não está prestes a cair –, pensar nas alterações que ainda tenho que fazer na história, me preocupar com o aniversário de Marcos que está pra chegar e me sentir culpada por não ter ligado mais pra Isadora pra saber como vão as coisas.

Cheguei exausta a Brasília.

Dia 96

Além de exausta, estou zangada e frustrada.

Mal comecei a trabalhar no meu romance, e o computador deu pane. Pedi ajuda a Marcos e acabamos brigando feio. É que, mais ou menos, eu tinha por certo que ele teria a mesma habilidade de Armando pra resolver o problema da minha máquina. Marcos até que tentou, mas quando eu, insensivelmente, reconheço, fiz uma mal pensada referência à competência do outro, o homem virou bicho. Eu pedi desculpas, claro, mas não adiantou muito. Marcos saiu pisando forte, não sem antes me culpar de ser obcecada pelo meu ex-marido.

Imagine! Eu, psicada em Armando! Era só o que me faltava!

Apesar de não ignorar que o poço de ciúmes de Marcos ficaria efervescente se soubesse, não tive outra alternativa senão ligar pra Armando. Ele me atendeu bem e me lembrou que havia deixado comigo, meses antes, um cartão com o nome de um técnico em informática. Meio sem graça, tive que admitir que perdera o papelzinho. Ele me passou o nome da pessoa e o telefone e, um pouco estranhamente, penso agora, perguntou se o meu namorado não sabia resolver o problema. Respondi que Marcos estava viajando. Não quis admitir que, pelo menos quando o assunto era computador, o meu ex-marido era mais competente que o meu atual namorado. Bobagem, eu sei, ainda mais pensando que Marcos é engenheiro da maior competência, enquanto Armando não é capaz sequer de construir uma cidade com pecinhas de Lego. "Cada macaco no seu galho", não é assim que diz o ditado?

Dia 97

Estou atolada em serviço, então vou deixar uma mensagem telegráfica:

1- O livro está andando, apesar de não estar ainda satisfeita com as cenas de sexo.

2- O aniversário de Marcos é semana que vem e não tomei nenhuma providência.

3- Meu nome devia ser Beatriz Culpa Vilella. Ainda nem falei com Isadora. Estou muito mal com isso.

Dia 98

Tinha organizado tudo pra festinha de aniversário de Marcos. Encomendei comida japonesa, arrumei uma decoração bem asiática e até aluguei um quimono pra usar. Convidei os dois amigos mais próximos de Marcos, a irmã de meu amado e o respectivo marido, e, claro, Carla, Lúcia, Isadora e Thiago. Davi aceitou participar, mas sem grandes entusiasmos. Maria Clara, ao contrário, ficou toda animada e topou usar um quimono também. Enfim, estava tudo pronto, só esperando os convidados chegarem, quando a bomba estourou.

"Houve um acidente com Isadora, Bia."

Olhei para o celular na mão de Marcos, enquanto digeria a notícia. Ele continuou:

"Carla acabou de ligar. Ela e Lúcia estão no Santa Helena. Isadora está machucada, mas não é nada muito grave."

Antes de Marcos acabar de falar, eu já estava a meio caminho do quarto. Peguei a minha bolsa e, enquanto dava instruções pra Kris Kelly ligar para os convidados desmarcando o jantar, ouvi o comentário de Maria Clara para o pai:

"Mas que droga, ela tinha que se acidentar logo agora?"

Ele não se dignou a responder, mas eu peguei o olhar duro que lançou à filha. Saí de casa apressada e entrei na Mercedes. Marcos estava lá antes mesmo que eu fechasse a porta.

"Nem morto vou deixar você ir dirigindo, Bia."

Saí do carro sem proferir palavra, dei a volta e sentei-me no banco do passageiro. Marcos entrou, ligou o motor e, em pouco tempo, estávamos a caminho do hospital. Somente aí é que me ocorreu perguntar:

"Foi batida de carro?"

"Não Bia, eu disse que foi acidente, mas na verdade não foi bem isso que aconteceu."

Marcos me olhou e, com a voz baixa, explicou:

"Isadora apanhou de Thiago."

Fechei os olhos, mas nem tentei controlar as lágrimas de ódio que me corriam pelo rosto.

Quando chegamos, eu fiquei imóvel dentro do carro. Sentia-me péssima. Eu sempre desconfiei que havia algo de muito errado no relacionamento de Isadora e Thiago, mas, mais preocupada com o próprio umbigo, tinha me omitido. Não me esforçara em descobrir o que realmente havia por trás dos olhos vermelhos de minha amiga.

Marcos adivinhou o caminho dos meus pensamentos:

"Ninguém podia saber, Bia."

Eu balancei a cabeça.

"Você não entende, Marcos... ela é minha amiga... eu falhei com ela."

"Você tentou descobrir... ela não quis se abrir, amor."

"Isadora devia estar com vergonha, Marcos... não deve ser fácil compartilhar uma coisa dessa com outra pessoa."

E perguntei, ignorando minhas próprias explicações:

"Mas por que ela não pediu ajuda? Por que não procurou a polícia... ai que ódio desse cara... que ódio que ele tenha sequer pensado em encostar a mão em Isadora... que sentimento de impotência, Marcos... eu quero matar esse filho da puta... a gente tem que ir na polícia agora mesmo... isso não pode ficar assim... ele tem que ir pra prisão, tem que responder a processo criminal..."

Com a voz surpreendentemente calma, ele respondeu:

"Acho que já deve ter algum registro da agressão, Bia, mas vamos entrar e nos certificar do que já foi feito."

Saímos do carro e, de mãos dadas, entramos no setor de emergência do hospital. Carla e Lúcia estavam sentadas próximas à entrada. Nos abraçamos e choramos. Marcos desapareceu, à procura de alguém que pudesse lhe dar informações sobre Isadora.

Dia 100

Estou aqui pensando, recostada no sofá-cama do quarto de Isadora, na última vez em que estive em um hospital. Foi no dia em que Davi nasceu. Mas claro que, na ocasião, a cena era outra. Eu é que ocupava a cama do paciente enquanto Armando tentava se acomodar no micro-sofá do acompanhante.

Isadora está dormindo. Ela estivera tão nervosa e irrequieta que o médico da emergência lhe aplicara um sedativo. Fora a luxação em uma das costelas, um olho roxo e algumas escoriações, nada de muito mais grave havia acontecido. No entanto, por precaução, o médico decidira colocá-la em observação pelas próximas horas.

Todos nós tivemos que prestar declarações na Delegacia. Somente aí é que nos demos conta de que sempre soubemos pouquíssimo sobre Thiago. Contei que eu e Isadora o conhecêramos em Porto Seguro, onde ele também estivera passando férias – pelo menos foi o que nos afirmara na ocasião. Ele se apresentara como engenheiro e dissera morar em São Paulo. Há pouco mais de dois meses, se aboletara na casa de nossa amiga na maior cara-de-pau.

A pedido do Delegado, Carla e Lúcia foram ao apartamento de Isadora procurar alguma pista que pudesse levar a Thiago.

Marcos acompanhou-as, pois sempre havia a possibilidade de o dito cujo ainda estar por lá. Eu fiquei incumbida de ficar no hospital.

Isadora mexeu-se e eu me aproximei da cama. Minha amiga estava tão judiada... Meus olhos enchiam-se de lágrimas toda a vez que eu imaginava a cena daquele monstro encostando as mãos nela.

Ela abriu um dos olhos, o outro estava inchado demais.

Eu tentei sorrir-lhe encorajadoramente, embora a vontade fosse a de abraçá-la e de chorar.

"Ei, você"

"Oi, Bia."

"Tudo bem?"

"Eu vou sobreviver, amiga."

Isadora olhou pra janela e perguntou:

"Que horas são?"

"Três e quinze da manhã."

"Onde está todo mundo?"

"Marcos, Carla e Lúcia estão revirando o seu apartamento em busca de alguma pista de Thiago."

"Ele deve ter voltado pra São Paulo."

"Se é que ele morava lá mesmo, Isa."

"Você acha que tudo que ele contou era mentira?"

"Não sei, amiga, realmente não sei."

E voltei a fazer a mesma pergunta que havia feito algumas horas antes:

"Você tem mesmo certeza de que não quer que eu chame seus pais?"

Isadora balançou a cabeça em negativa e, fechando os olhos, respondeu:

"Eu só quero descansar mais um pouco, Bia."

Voltei ao meu sofá-cama e torci pra que logo tivéssemos alguma notícia de Thiago. Eu só vou ficar – um pouco – satisfeita quando o filho da puta estiver atrás das grades. Satisfação total mesmo só virá se eu conseguir desferir uns bons tabefes naquele monstro.

Deixamos o hospital por volta das dez da manhã. Formávamos um estranho quinteto. Isadora, com o olho roxo e passos vagarosos, ao centro. Carla e Lúcia rodeando-a e segurando-lhe cada qual um dos braços. Eu e Marcos, logo atrás; ele com cara de pouquíssimos amigos e eu com um quimono rosa-choque e tamancos de madeira. Seria mesmo hilário, se não fosse trágico.

Dia 101

Nenhuma de nós teve ainda coragem de fazer a Isadora as perguntas que nos inquietavam. Do tipo: Quando começaram as agressões? Por que não se separou de Thiago? Por que, principalmente, não procurou por nossa ajuda?

Havíamos conversado sobre isso e decidido que Isadora falaria se e quando quisesse. Estávamos lá a seu lado pra ajudar em sua recuperação e apoiá-la no que fosse preciso. Não cobraríamos nenhuma explicação. Ela já estava atordoada demais; não precisava de um bando de mulheres procurando respostas que, talvez, ela mesma não tivesse.

Como eu já tinha passado a primeira noite no hospital, havia sido escalada pra dormir com Isadora somente dali a dois dias. Nós todas estávamos deprimidas. Eu, pessoalmente, não conseguia entender como Isadora tinha se submetido a uma situação daquelas.

"Então você acha que isso já estava acontecendo há algum tempo?", me perguntou Marcos.

Nós estávamos abraçados na rede, observando as estrelas. Eu me sentia desidratada de tanto chorar. De vez em quando Marcos encostava nos meus lábios um copo de suco. Não sei como teria enfrentado aquilo tudo se ele não tivesse estado ali do meu lado.

"Eu quero acreditar que foi a primeira vez, mas Carla disse que já tinha reparado numas manchas roxas em Isadora... disse que não chegou a perguntar nada pois nunca lhe passou pela cabeça a possibilidade de agressão."

Eu enxuguei os olhos e perguntei.

"Você teria coragem de levantar a mão contra mim, Marcos?"

Ele franziu o cenho:

"Como você pode pensar em me perguntar uma coisa dessas, Bia?"

"Não, Marcos, olha só... vai que eu te ofendesse horrivelmente... ou fizesse uma coisa horrorosa... tipo assim, vai que você me pegasse na cama com outro... o que você faria?"

Ele ficou um segundo em silêncio, como pensando se valia a pena responder aquela pergunta, que eu mesma sabia um tanto descabida.

"Eu descarregava minha raiva em cima do cara... depois dava as costas pra vocês dois e sumia de sua vida."

"Mas não encostava o dedo em mim", mais afirmei do que perguntei.

"Talvez te chacoalhasse um pouco, mas eu não consigo me imaginar realmente levantando a mão contra você."

Ele sorriu e continuou.

"A não ser em uma outra situação..."

E passou a mão entre a rede e o meu corpo e espalmou a minha bunda.

Eu ri, contrariando algumas lágrimas que ainda insistiam em cair.

"Eu ainda não decidi se gosto ou não dessa sua brincadeira..."

"Você gosta sim, Bia, você só não quer dar o braço a torcer."

* * * * *

Eu fiquei calada. Sempre ficava meio sem jeito com aquela conversa. Ele continuou:

"Você sabe que fica uma delícia de molhada depois das minhas palmadas."

"Isso não quer dizer nada", respondi, enfática.

Marcos sorriu.

"Ah, não?"

"Às vezes o corpo pode gostar, mas não quer dizer que eu esteja racionalmente gostando."

Ele esboçou um sorriso sarcástico.

"Sei..."

Eu fiquei calada, e ele continuou:

"O problema, Bia, é que você tem mania de ficar no controle de tudo, e quando surge uma situação, como essa por exemplo, que você não pode controlar, você se apavora."

"Você também gosta de ficar no controle", acusei.

Ele voltou a sorrir e me beijou os lábios antes de responder:

"E quem é que disse que eu não toparia ser amarrado, por exemplo?"

Ai, não, terreno perigoso...

"Você é muito maior do que eu... não precisa nem pensar em me amarrar... você consegue me imobilizar com uma única mão, Marcos."

"Pode até ser, mas eu adoraria ter uma Bia nua e amarrada ao meu bel-prazer."

Eu fiz uma careta e Marcos me puxou para o colo.

"Eu mando muito mesmo?", perguntei.

Ele sorriu.

"O tempo todo. Quando estamos fazendo amor você diz como é que eu tenho que me mexer, como eu tenho que te beijar... até mesmo o meu orgasmo você tenta controlar."

Eu respondi num fio de voz:

"Eu tenho que me certificar de que vou ter prazer também."

"E quando foi que eu te deixei chupando o dedo, Beatriz?"

Eu enterrei o rosto no pescoço de Marcos e com a voz abafada, respondi:

"Nunca."

Ficamos ainda um longo tempo na rede, cada um perdido nos próprios pensamentos. Eu sabia que Marcos tinha uma certa razão em tudo que dizia. Apesar de gostar de sexo, eu era um pouco acanhada quando se tratava de experimentar algo novo. Se eu tinha prazer com o tradicional papai-e-mamãe pra que ficar inventando moda? Mas era bem verdade que eu até tinha gostado da idéia de ter Marcos sob o meu poder total. Só não sabia se toleraria o papel inverso.

"Eu não me acho puritana."

Marcos olhou pra mim e pareceu demorar alguns segundos pra entender o que eu dizia.

"Puritana?"

"Você me acha puritana?"

"Claro que não, Beatriz, de onde você tirou essa idéia?"

Mas eu voltei ao assunto que estava me incomodando:

"Você me desamarraria se eu pedisse?"

"Você não precisa fazer o que não quer, Bia."

"Você desamarraria?"

Ele sorriu:

"Não sei..."

"Marcos!"

"Qual a graça de amarrar alguém se já se sabe, de antemão, que é só esse alguém pedir, pra ser liberado?"

"Mas pode ser que eu odeie, Marcos."

"Você não confia em mim?"

"Confio."

"Eu sei do que você gosta e sei do que não gosta, Bia... eu não vou trair a sua confiança."

"Eu vou pensar", respondi com um sorriso forçado.

* * * * *

Marcos me deu um beijo de língua, levantou-se, comigo ainda no colo, e me carregou para o quarto. Fizemos amor, no estilo papai-e-mamãe, e depois dormimos abraçados.

Dia 102

Acho que hoje foi a primeira vez que me levantei antes de Marcos. Me arrumei em silêncio e enquanto prendia os brincos admirei o belo homem nu que dormia de bruços na minha cama, o corpo semi-coberto pelo lençol.

E só aí é que lembrei que ainda não tinha dado a Marcos o presente de aniversário. Voltei ao closet e tirei de dentro de uma das gavetas o mini-computador/agenda eletrônica Palm que havia comprado pra ele. Coloquei o presente em cima do meu travesseiro e, controlando a vontade de beliscar aquela bunda musculosa, saí do quarto de fininho.

Resolvi dar uma passada na casa de Isadora. Quero ver como tudo está indo. Lúcia dormiu hoje lá, Carla dorme de hoje pra amanhã e eu na noite seguinte. Se depender de nós, Isadora não ficará um só instante sozinha.

Acabei passando toda a manhã com minhas amigas. Pela décima vez tentamos convencer Isadora a ficar alguns dias na casa de uma de nós, mas sem sucesso. Tínhamos medo de que Thiago aparecesse repentinamente. Apesar de termos trocado a fechadura do apartamento, nunca se sabe o que um monstro daquele pode aprontar. Marcos mesmo, no dia anterior, tinha me feito prometer que eu não enfrentaria Thiago, caso topasse com ele sozinha. Prometi, apesar de ter me sentido uma criancinha.

"Todo mundo sabe que você tem o sangue quente, Bia."

Eu e Lúcia estávamos sentadas no sofá da sala, comendo alguns petiscos que eu trouxera da confeitaria, enquanto esperávamos Isadora tomar banho.

"Mas eu não sou louca, né, Lúcia, eu sei que o homem é bem maior do que eu."

Ela riu.

"Eu estou certa de que essa sua explicação não tranqüilizou Marcos."

"Ele não queria que eu viesse, você sabe, ainda mais depois que soube que Thiago deixou algumas coisas pra trás."

E perguntei, voltando ao assunto que não conseguia esquecer:

"Ela por acaso disse se já tinha acontecido antes?"

"Disse que ele a tinha empurrado em uma outra discussão, mas que essa foi a primeira vez que realmente apanhou dele."

"Filho da puta", respondi.

"O cara é um canalha, um covarde."

"Você acreditou nela?"

"Não sei, mas eu acho que a gente deve deixar como está."

Concordei, balançando a cabeça, enquanto abria a bolsa pra atender o celular. Era Marcos agradecendo o presente e querendo saber se estava tudo bem.

"E a conversa sobre casamento, como está?", quis saber Lúcia, assim que desliguei.

"Meio parada. Eu pedi um tempo pra pensar."

"Sei... isso a uns quinhentos anos atrás."

Sorri, e ela continuou:

"Afinal o que te assusta tanto?"

"Eu queria que o meu próximo casamento desse certo, Lúcia, eu queria que fosse meio que conto de fadas... que só acontecesse quando eu encontrasse o meu par perfeito, a minha alma gêmea."

Sorri, agora meio sem-graça, pois sabia que o que tinha dito poderia soar ridículo pra minha amiga. Ora, às vezes soava ridículo pra mim mesma...

"Sei... e Marcos não é a sua alma gêmea."

"Às vezes, acho que é... outras vezes, já não estou tão certa..."

"Ele me parece o seu par perfeito, Bia."

"Dependendo da situação, ele pode ser bem difícil."

"E você não é?", perguntou Lúcia, se servindo do terceiro croissant.

Eu fiz uma careta e falei:

"E depois tem o problema do filho que ele quer."

"Acho que você está fazendo tempestade em copo d'água. Você sempre gostou de crianças, Bia... teve uma gravidez tranqüila com Davi... teve babás ótimas... por que haveria de ser diferente se vocês resolvessem ter um bebê?"

"Eu me sinto muito velha pra começar tudo de novo."

"Por Deus, Bia, você acabou de fazer trinta e quatro anos... ainda dá pra ter uns três ou quatro filhos."

"Ah, Lúcia, dá um tempo..." respondi, rindo.

No caminho de casa, fiquei pensando nesse assunto. Não quero ser injusta com Marcos. Eu sei que nós dois estamos levando esse relacionamento a sério. Marcos quer formar uma nova família, e eu também. Se bem que eu tivesse pensado nessa família formada por nós dois e pelos nossos filhos – filhos aí entendidos como aqueles dois já feitos, já desmamados, já saídos das fraldas, já mais ou menos educados.

Você pode achar um pouco estranho, mas eu estou aqui pensando que talvez tenha que ceder em alguma coisa. O que seria mais sensato: casar ou ter um filho? Eu sei isso está parecendo meio que aquela dúvida entre comprar uma bicicleta ou chupar um picolé, mas fazer o quê? Marcos, realmente, é um homem excepcional. Tem lá os seus defeitos, claro, mas eu também os tenho, e não são poucos. Será que, se eu não ceder, ele se cansa e vai atrás de outra?

Humm...

Resolvi dar uma parada no Pontão do Lago. Sentei-me na grama, contra o tronco de uma árvore, e fiquei observando as crianças brincando no parquinho. Eu quero realmente entender o que se passa na minha cabeça. Qual a razão dessa aversão a um novo casamento e a um bebê?

Primeiro assunto: bebê. Tudo bem. Pra ser bem sincera, eu tenho uma certa preguiça de pensar em ficar grávida novamente. Além do óbvio desconforto daquela barriga crescendo até se ter a impressão de que vai estourar, tem também as dores nas costas, a azia, o inchaço, a sonolência, as repentinas mudanças de humor, e por aí vai. E depois, com o bebê, tem a luta pra amamentar, a dor nos mamilos, o leite empedrando, as cólicas, as incontáveis trocas de fraldas, as noites mal-dormidas, e por aí também vai. Isso, sem falar nas dores do parto – que não se comparam, de jeito nenhum, com uma cólica menstrual forte, quem diz isso está mentindo descaradamente! – e na difícil recuperação dos primeiros dias, principalmente se a mulher tiver que passar por uma cesariana. E ainda, claro, tem toda aquela cobrança pra mulher voltar à boa forma o mais rápido possível. Se não conseguir, é taxada de desleixada, de preguiçosa...

Apalpei a minha própria barriga. Tão malhadinha... quanto tempo será que levaria pra eu voltar a ter essa barriga depois de uma gravidez? Será que Marcos teria o mesmo desejo por mim, se ela ficasse mole e com estrias? Será que nossa vida sexual seria a mesma enquanto eu estivesse grávida? Eu lembro que com Armando não foi igual – ele tinha um medo exagerado de machucar o bebê, apesar da opinião contrária do médico.

Eu sei que uma mulher que pensa assim é considerada egoísta e fútil ao extremo. E é assim mesmo que eu estou me sentindo. Mas eu tenho que ser sincera comigo mesma, não tenho? Pelo menos eu tenho coragem de fazer auto-análise, independente das respostas a que possa chegar, o que não quer dizer, necessariamente, que tenha coragem de tomar uma atitude pra mudar a situação.

Sobre o casamento, pensando agora, talvez eu já não seja tão contra. Se, por um lado, eu gosto bem do jeito que as coisas estão, por outro, às vezes, me irrito de ter que apresentar Marcos como namorado. Ele parece ser tão mais do que isso pra mim... E depois, aquela minha explicação sobre perder um pouco da liberdade, eu acho que já a estou reformulando. É que já vi que posso harmonizar Marcos com a minha vidinha de sempre. Eu e minhas amigas continuamos tendo nossa ladies' night out e, até, já saímos pra dançar, as três desacompanhadas, num sábado em que Marcos estava em São Paulo. Não sei se isso aconteceria caso ele estivesse em Brasília, mas posso afirmar que, se naquele dia ele não gostou da idéia, disfarçou bem ao telefone, o que foi até um tanto espantoso, considerando a possessividade e ciúme dele. Sem dúvida Marcos anda tentando controlar esse lado que tanto me incomoda.

Voltei pra casa pensando na possibilidade de me tornar a Sra. Marcos Souza Paes.

Dia 103

Hoje faz uma semana da fatídica sexta-feira em que Isadora foi agredida. Minha querida amiga está bem melhor e já trocou a depressão por um saudável sentimento de vingança. Noite passada nós quatro nos encontramos e ficamos até altas horas a maquinar as piores desgraças pra Thiago. Rimos bastante e bebemos mais ainda. A única parte chata foi ter que agüentar sermão de Marcos quando cheguei em casa ligeiramente alegrinha. Tudo bem que bati no portão e arranhei o Civic de Seu Oripes com o meu carro. Mas juro que, pelos meus cálculos, a garagem era bem maior. No mínimo, nas poucas horas em que fiquei fora, Marcos tinha dado um jeito de fazer uma obra relâmpago só pra diminuir o espaço de manobra.

Eta pensamento tresloucado!

Sentei na cama, ignorando a fúria de Marcos, com um sorriso nos lábios. Quando ele se calou e finalmente resolveu deitar-se, estiquei o meu corpo por cima do dele e comecei a seduzi-lo. Mas Marcos demorou um pouco pra entrar no jogo. Estava brabo mesmo. Por fim ele girou o corpo, me colocando por baixo, prendeu minhas mãos por sobre minha cabeça e, depois de dar um rápido fim na calcinha, me penetrou. O sexo começou um tanto violento, e eu me senti triste por ele estar fazendo amor com raiva de mim. Mas, aos poucos, Marcos se acalmou. Ele soltou as minhas mãos e começou a me beijar a boca, os olhos, o pescoço. Sussurrou que tinha pânico de pensar que eu pudesse me envolver num sério acidente de trânsito. Que não agüentaria se me perdesse. Fiquei supersensibilizada. Disse que o amava e que prometia ter mais juízo. A partir daí o sexo foi mágico. Nunca havia me sentido tão próxima a Marcos quanto nesse momento. Ele me sussurrava palavras de amor enquanto demonstrava com o corpo como eu era especial. Eu me senti uma flor desabrochada, aberta e sem medo de me expor. Acalentei o prazer que me envolvia e segui, sem resistir, a trilha ascendente por que era conduzida. Na beirada do precipício, fixei-me nos olhos de um verde turbulento a poucos centímetros dos meus. Marcos moveu-se uma última vez e, juntando a boca à minha, engoliu o meu gemido de puro êxtase. Lembro que a última coisa que eu disse, antes de fechar os olhos e dormir, foi que queria me casar com ele.

Dia 104

Hoje, quando acordei, Marcos estava na cama, deitado de lado, me observando. Eu sorri, me espreguicei e me aconcheguei nos braços dele. Senti que me beijava o alto da cabeça.

"Então você resolveu casar comigo?"

"A não ser que você tenha mudado de idéia", provoquei.

"De jeito nenhum."

"Mas nada sofisticado, Marcos... eu já passei por isso uma vez e não quero repetir a dose."

Ele respirou fundo, e com voz de indisfarçável alívio, respondeu:

"Ainda bem, Bia... eu estava aqui morrendo de medo de você querer um casamento tradicional, daqueles que dão muito trabalho, muito estresse e muito desentendimento entre o casal."

Eu ri.

"Não, vamos casar no Cartório e depois reunir alguns poucos amigos aqui em casa. Podemos casar logo de manhã e chamar todos para um brunch. Assim fica bem mais simples e informal. O que você acha?"

Ele me apertou em seus braços e deu uma fungada quente no meu pescoço.

"Estou de pleno acordo, minha futura Beatriz Souza Paes."

Peraí, Beatriz Souza Paes???

Fiquei em estado catatônico. Quando eu tinha pensado em ser a Sra. Marcos Souza Paes eu pensei nele ser Souza Paes e eu, claro, continuar com o meu Vilella. Eu seria a Sra. Souza Paes só teoricamente. Na prática eu continuaria com o meu sobrenome de sempre.

Oh, Deus!

Fiquei na maior dúvida entre ficar calada, e esperar um momento mais propício pra discutir aquele assunto ou já ir logo desfazendo aquele mal-entendido.

Bem, como paciência nunca foi a minha maior virtude...

"Marcos, eu não tinha pensado em adotar o seu sobrenome."

Ele se afastou um pouco de mim e, com o olhar atônito, perguntou:

"Não?"

"Não", respondi, tentando aparentar naturalidade.

"Então...?"

Eu mal respirei quando falei, simulando calma:

"Eu continuaria com o Vilella..."

Os olhos de Marcos se estreitaram, primeiro indício de problemas.

"Sei... você quer continuar sendo conhecida por Beatriz Vilella..."

Fiquei calada. Ele continuou, agora já se sentando e com cara de que não estava gostando nada daquela história.

"Você quer continuar com o sobrenome do seu ex-marido..."

"Você sabe que eu sou conhecida assim, Marcos... há mais de treze anos que eu assino o Vilella... E se essa minha nova carreira der certo... bem, o próprio Mário Velloso, o agente de Curitiba, já me conhece por esse nome e ele disse que já estava fazendo uns contatos com editores e falando de mim..."

Mas ele não se deu por vencido.

"Não me parece ser nada difícil ligar pra ele e falar que você se casou novamente e mudou o sobrenome... se o seu livro não foi nem lançado, essa alteração não fará nenhuma diferença para os seus futuros leitores."

"Marcos..."

"Bia, pensa só como é estranho pra mim... se você ainda tivesse o nome de solteira e fizesse questão de manter, tudo bem, eu entenderia perfeitamente... mas, porra, Bia, você tem o nome da família de Armando... você não pode querer que eu vá aceitar isso numa boa..."

Isso me fez pensar. Tentei, com certa resistência, confesso, imaginar como eu me sentiria se fosse ele quem tivesse adotado o sobrenome da família de Taís. Tinha lido numa revista que é isso que pessoas maduras fazem; elas devem se imaginar na situação inversa. Fiz o exercício mental apesar de, na verdade, estar é louca de vontade de espernear e defender a minha posição. E foi aí que tive que dar o braço a torcer. Ele tinha uma certa razão. Não havia gostado nada da perspectiva de ele ter o mesmo sobrenome que a ex.

Suspirei, fiz uma careta e esbocei um meio-sorriso:

"Beatriz Souza Paes?"

Ele concordou com a cabeça enquanto esperava minha resposta:

"Eu quero lua-de-mel no Egito, Marcos, com direito a uma passadinha em Paris."

"Egito e passadinha em Paris", repetiu ele, sem esconder a satisfação.

"E quero uma boa verba para os meus sapatos, sem direito a reclamação, e quero passar nos Estados Unidos na volta pra te apresentar pra Orenda."

"Egito, passadinha em Paris, Estados Unidos, sapatos..., algo me diz que você vai estourar o meu orçamento, Beatriz", afirmou ele, com um largo sorriso no rosto.

Eu me aproximei e alcancei uma de suas mãos.

"E agora sério, Marcos... eu não sei se vou querer ter um bebê."

Ele me puxou para um abraço apertado e, enquanto me enchia o rosto de beijos, respondeu:

"Tudo bem, amor, a gente resolve isso depois, OK?"

Mas eu sabia que tinha que deixar aquele assunto bem resolvido.

"Eu não quero que você me pressione mais tarde, Marcos... eu estou tentando ser bem honesta... eu não quero que você se sinta enganado... se o seu sonho é ter muitos filhos, eu não sou a mulher certa."

Ele ficou alguns segundos olhando nos meus olhos. Os dele estavam marejados, assim também como os meus.

"Eu não vou mentir e dizer que eu não penso em ter um filho com você, Bia... mas eu prometo não te pressionar... e prometo respeitar se você decidir, mesmo, não ter mais filhos... com bebê ou sem bebê, eu acho que nós poderemos ser muito felizes juntos."

Eu o abracei forte e me senti muito amada.

Dia 105

Então eu estou oficialmente noiva. Ontem mesmo Marcos me arrastou para o shopping e comprou alianças numa joalheria famosa da cidade. Estou achando legal, mas um pouco estranho estar usando um anel de noivado. Marcos pode ser tão tradicional pra certas coisas...

De qualquer forma, resolvi não contar nada para as minhas amigas. É que não me pareceu razoável esfregar a minha felicidade na cara de Isadora. E como Lúcia e Carla podiam acabar fazendo algum comentário indevido na frente de nossa sofrida amiga, achei, que pelo menos por enquanto, nenhuma das três iria saber. Assim foi que, quando cheguei na casa de Isadora pra mais uma visita diária, enfiei o anel no bolso da calça.

Estavam as três em polvorosa quando entrei no apartamento. Aparentemente, Thiago tinha tentado entrar em contato com Isadora. Apesar de não se ter certeza absoluta de ter sido ele – a empregada atendera a ligação de um homem, com a voz muito parecida com a dele, que não quisera deixar recado – , todas já lidavam com o pior cenário.

"Você pensa em falar com ele, Isa?", perguntei.

O silêncio que se seguiu foi exasperante.

"Pelo amor de Deus, Isadora, não me diga que você continua apaixonada por Thiago!".

"Não, apaixonada não, Bia, de jeito nenhum... mas eu gostaria de saber o que ele tem pra me dizer."

"Ele vai pedir perdão, com certeza", disse Carla. E continuou:

"É o que a gente sempre lê nos jornais... ele volta rastejando, promete mundos e fundos e, dali a pouco, apronta de novo."

Sentei-me ao lado de Isadora e, segurando-lhe a mão, disse:

"Só que o que ele fez não pode nem mesmo ser enquadrado como aprontar... nós não estamos falando de Isadora ter topado com ele beijando outra... ele é um criminoso... o lugar de Thiago é na cadeia."

Lúcia continuou:

"Dessa vez foi um olho roxo, da próxima pode ser um braço quebrado... você não pode se submeter a isso, Isadora."

Minha amiga recostou-se no sofá e, pra nosso espanto, abriu um largo sorriso.

"Meninas, calma aí, eu disse que gostaria de saber o que ele tem pra me dizer... é mera curiosidade, nada mais... eu quero ouvir o que ele tem a dizer, quero dizer-lhe poucas e boas e só... eu não tenho a menor intenção de voltar com ele."

Ficamos caladas sem saber no que acreditar. Isadora levantou o copo de suco, como quem quer brindar, e com voz firme afirmou:

"Que vá pro quinto dos infernos!"

Nunca um brinde foi tão saudado por nós quanto esse.

Dia 106

Ainda não consegui me sentar com Marcos pra decidirmos a data do casamento. Tínhamos combinado que, neste final de semana, resolveríamos o assunto, mas terei que trabalhar tanto sábado quanto domingo.

É claro que Marcos reagiu mal.

"Mas que droga, Bia!"

"É final de mês, Marcos. O chefe quer fechar a estatística... e eu dei azar de pegar alguns processos complicados."

"Por acaso você ganha hora extra pra trabalhar no final de semana?"

"A minha função é de confiança, Marcos, eu tenho que estar à disposição... eu tenho que dar conta do serviço do meu setor."

"Mas você é concursada, pode abrir mão dessa função."

"Mas aí eu ganho bem menos."

"Você não precisa do dinheiro, Bia."

"Nem começa, Marcos... eu preciso do dinheiro, sim... eu gosto de ter minha independência financeira..." *Nem que seja só pros meus alfinetes...*

Fiz uma cara das mais sérias apesar de, lá no fundo, saber que não era bem verdade o que dissera. Quer dizer, até a minha separação eu achava que era financeiramente independente de Armando. Só depois é que fui ver que a coisa não era bem assim. Mas nunca iria deixar Marcos saber disso. Um homem não deve ser autorizado a achar que é a parte mais forte do relacionamento. Ainda que ele ganhe mais dinheiro, todo mundo sabe que quem manda mesmo é a mulher. Essa é a ordem natural das coisas. Não deve ser mudada. E nós, mulheres, temos que fazer nossa parte pra mantê-la assim.

Marcos sentou-se, com uma tromba monumental, e eu, com pena, resolvi tentar pacificar um pouco a fera.

"Quem sabe se eu conseguir me firmar como escritora eu possa viver só disso... já pensou, a sua mulherzinha sempre em casa, disponível?"

Ele me puxou para o colo.

"Já mandou as correções para o Mário?"

"Ontem, pela internet mesmo."

"Você vai conseguir, Bia."

Eu sorri e o beijei no queixo.

"Quem sabe... vamos ver o que o futuro me reserva."

Dia 107

Essa foi uma semana muito proveitosa. Marquei o casamento e contei a novidade a minhas amigas, consegui empatar um set num jogo de tênis contra Marcos, almocei com Seu Fernando e Dona Berenice, fiz compras com minha mãe, levei Davi e Maria Clara ao cinema – e os dois não discutiram uma única vez – e, o que é melhor de tudo, muito melhor, consegui descarregar um pouco da raiva acumulada contra Thiago. Mas essa parte requer ser contada ao vivo e em cores.

Era domingo. Eu e Marcos tínhamos assistido a um filme no ParkShopping e depois estávamos dando uma olhada nas vitrines das lojas. Marcos afastou-se um pouco pra comprar uma revista, quando aconteceu:

"Bia!"

Desviei os olhos do sapato que estava namorando e fiquei sem ação.

Quem estava na minha frente e mais, puxando conversa, era o filho da puta, cafajeste, canalha e monstro do Thiago.

"Como você está, Bia?"

Como eu estou? Mas que diabo de papo é esse?

Como eu permanecia petrificada, ele continuou:

"Você tem visto Isadora?"

Só então eu acordei, se bem que ainda estivesse lerdinha.

"Isadora?"

"Você sabe que nós tivemos um desentendimento e..."

Eu o interrompi. O coração parecia batuque de escola de samba e eu sabia que o meu rosto estava ficando vermelho-malagueta. E era assim que eu me sentia, ardida, raivosa, pronta pra abocanhar, retalhar e lacerar.

"Sei... desentendimento..."

Ele ficou calado. Foi quando eu senti que não dava mais pra segurar.

"Canalha", falei baixinho.

"Bia..."

"Cafajeste."

"Espera aí, Bia, eu tenho que explicar que..."

"Filho da puta, monstro, você é desprezível."

Nesse ponto, a minha voz já tinha aumentado alguns bons graus.

"Você está nervosa, Beatriz."

Foi quando comecei a atacá-lo com a minha bolsa.

"Nervosa, né... eu tô nervosa..." e continuei a minha investida contra ele.

Lá pelas tantas, Thiago se apoderou da alça da bolsa, o que impediu que eu continuasse o ataque. Mas claro que isso não seria suficiente pra dar um fim na minha sonhada vingança. Quando dei por mim, já tinha partido pra cima dele, com socos e pontapés.

Felizmente Thiago, pego de surpresa, parecia mais preocupado em se defender. Eu acertei-lhe dois bons tabefes no rosto antes de ser agarrada por trás e ver-me, literalmente, no ar. Nem precisei virar o rosto pra saber que era Marcos. Enquanto me debatia nos braços dele, ignorando a multidão que se formava, gritava impropérios a Thiago.

"Agressor de mulheres... canalha!"

Marcos me segurava forte, enquanto tentava me acalmar.

"Pára com isso, Bia!"

"Monstro, cafajeste!"

"Pára, Beatriz!"

"Me solta, Marcos, ele está fugindo."

"Eu vou atrás dele, Bia! Sou eu que vou!"

E pra dar mais força às palavras, ele me chacoalhou:

"Você ouviu?"

Imediatamente relaxei o corpo. Marcos me soltou e num instante desapareceu de vista. Quando voltou, alguns minutos mais tarde, eu estava cercada por três seguranças.

Na hora vi que Marcos não gostou. Achei meio gozado porque aquele não me pareceu um momento muito propício pra ter ciúme. Ele não falou nada, mas me alcançou pelo braço e me puxou.

"Sumiu", disse ele, dirigindo-se a ninguém, especificamente.

Um dos seguranças perguntou:

"Vocês querem prestar queixa?"

Não pude deixar de sorrir. O meu desvario hidrofóbico já tinha passado e eu começava a ver tudo com mais clareza. Pensei, em primeiro lugar, que tinha sido eu quem havia agredido Thiago e, em segundo, que até aonde ia o meu pouco conhecimento de direito criminal, o correto termo técnico não era aquele usado pelo homem de terno preto.

"Queixa?", Marcos perguntou.

"Ele atacou a moça, não foi?"

Marcos pegou o meu queixo e me fez levantar a cabeça. Fiquei agradavelmente satisfeita ao ver a expressão de preocupação no rosto dele.

"Foi isso que aconteceu, Bia?"

"Mais ou menos", respondi.

Marcos entendeu na hora. Não sei exatamente quando ele tomou conhecimento da briga, pois estivera meio afastado do local. Mas acho que, em nenhum momento, ele realmente chegou a duvidar de que eu mesma começara o barraco.

"Está tudo bem, nós vamos embora."

Saímos, tentando ignorar os inúmeros olhares que nos seguiam. Marcos estava sombriamente calado. Quando alcançamos o carro, eu me vi, repentinamente, imprensada contra a porta. Marcos se inclinou, colocou as mãos no carro, cada uma de um lado de meu corpo, eficientemente me aprisionando. E estreitou os olhos em minha direção.

"Você pode me dizer o que é que você pretendia fazer?"

Permaneci calada.

"Será que você se dá conta de que ele podia ter te machucado, Beatriz?"

"Eu acho que não estava pensando muito bem na hora", respondi, afinal.

"Com certeza não."

Não gostei daquela resposta.

"O que você queria que eu fizesse, Marcos... ele começou a falar um tanto de babaquice... disse que teve um desentendimento com Isadora... desentendimento... eu quase não acreditei quando ele falou... ele surrou Isadora e depois vem dizer que teve um desentendimento com ela!"

"Ele levantou a mão contra você?"

Fiquei tentada a mentir, pois algo me dizia que Thiago estaria em periclitantes lençóis se Marcos soubesse que ele tinha me agredido, mas achei que a situação já estava preta e não precisava de um ingrediente a mais pra torná-la pior. Fiz que não com a cabeça, o que pareceu aliviar Marcos.

"Será que podemos ir pra casa agora?", perguntei.

Ele se afastou e entramos no carro. Ficamos em silêncio no caminho, mas eu tenho uma ligeira desconfiança de que esse assunto ainda vai render.

Dia 108

Fui saudada por minhas amigas como heroína. Tinha, pra ser bem sincera, um certo receio da forma como Isadora receberia a notícia. Mas ela parecia a mais animada das três. Até levou champagne pra comemorar a surra que eu dei em Thiago.

Ficamos as quatro aqui em casa, até tarde da noite, comentando o incidente. Marcos que, conforme ele mesmo afirmara, ainda não se recuperara do susto, deu uma desculpa qualquer pra sair. Disse que tinha que adiantar um projeto e rumou pra firma de engenharia. Entendi direitinho que ele não queria mais ouvir aquela história. De certa forma fiquei até comovida de saber que ele se preocupava tanto assim comigo.

"Realmente Marcos não gostou nada de ver você engalfinhada com Thiago, né?", perguntou Carla, assim que ele saiu.

"Vocês sabem que, no começo, fiquei aborrecida com ele... Marcos meio que me tratou como se eu fosse uma louca desvairada... mas daí, eu não sei bem por que, me veio à cabeça a figura de Armando... sempre certinho, sempre arrumadinho... e eu imaginei qual teria sido a reação dele... Armando ficaria bravo, sem dúvida ficaria bravo... mas por um motivo completamente diferente... posso até imaginar ele falando comigo: 'Olha o escândalo, Beatriz... está todo mundo olhando pra gente!'... E eu ia passar o resto do mês sendo lembrada do meu comportamento inadequado."

E continuei:

"Então, melhor Marcos com sua preocupação, ainda que um tanto exagerada, por meu bem-estar... do que Armando com sua obsessão por moralidade, decência, comportamento socialmente adequado..."

"Às vezes Armando podia ser pedante mesmo", afirmou Carla.

Todas olhamos meio surpresas pra ela. De todas as minhas amigas, Carla sempre foi a mais calada, pelo menos quando o assunto era falar mal de alguém. Acho que essa foi a primeira vez que fez algum comentário nada lisonjeiro a respeito de meu ex-marido. Mas ela estava certíssima.

"Às vezes ele podia ser um chato de galocha", respondi com um sorriso.

A próxima hora foi passada com considerações sobre como eu tinha saído ganhando com a troca de homens. Tive que rir, pois muitas das idéias de minhas amigas sobre Marcos estavam completamente equivocadas. Só morando com um homem pra conhecê-lo bem. Conhecer a parte que ele permite seja conhecida, veja bem. Há sempre alguma faceta de nós que nunca abrimos ao outro. E estou agora aqui pensando se eu mesma não escondo alguma coisa de Marcos...

Depois da saída de Carla e Lúcia, Isadora e eu ficamos mais algum tempo conversando. Achei bom ter aquele tempinho pra ficar a sós com minha amiga, pois ainda não estava certa do que se passava no coração dela.

"Eu tento não pensar muito no que sinto, Bia... eu tenho concentrado todos os meus esforços em odiar Thiago... quando me lembro de alguma palavra carinhosa dele... ou algum gesto... ou o jeito que ele fazia amor comigo... bem, eu afasto a idéia rapidinho da cabeça e, no lugar, coloco a lembrança dele me batendo, do medo por que passei, do sentimento de impotência, da dor."

Fiquei calada por não saber absolutamente o que dizer. Ela continuou:

"Mas se de alguma forma... se alguém pudesse me garantir... garantir que aquilo nunca mais fosse acontecer..."

Isadora parou de falar. Nem precisava continuar pra eu saber o rumo dos pensamentos dela.

"Pelo amor de Deus, Isa... por tudo quanto é mais sagrado... não caia numa roubada dessa... você sabe que nunca poderá ter essa garantia."

E continuei, tentando esconder a aflição da minha voz:

"Ele te surrou depois de um desentendimento bobo... depois que você simplesmente chegou atrasada em casa... não que outro motivo justificasse, claro que não... mas a gente logo vê que o cara é totalmente desequilibrado... se pelo menos você tivesse, sei lá, se você o tivesse traído... não sei... alguma coisa assim... aí pelo menos a gente entendia... não que justificasse, mas pelo menos dava pra entender."

Isadora levantou-se e aproximou-se da piscina. Eu a segui, abracei-me a ela e, contendo as lágrimas, sussurrei:

"Isa, por favor..."

Ela nada respondeu. Foi assim que Marcos nos encontrou quando chegou.

Dia 109

Mário ligou ontem. Disse que aprovava todas as mudanças, menos as das cenas de sexo. Falou que eu ainda estava muito formal e técnica e que devia me soltar mais. Seja mais desbocada, sem ser vulgar, disse-me ele. Prometi mandar as alterações o mais rápido possível, apesar de achar que, nem em mil anos, vou dar conta do recado.

Ser desbocada sem ser vulgar, como é que eu faço isso, pelo amor de Deus???

Ah, sim, quase me esqueci de dizer que Mário implicou, principalmente, com duas palavras: pênis e membro. Eu disse que não saberia escrever uma cena de cama sem usar aqueles substantivos; ele riu e disse que apostava em mim.

Ah! Apostava em mim? Mas que tipo de resposta era aquela? Eu quero mais era que ele me dê opções de outras palavras pra usar...

Tudo bem, depois de me ter acalmado, de ter dado uma passeada pelo Aurélio – que só tem descrições mais formais do que as minhas – e de ter ficado nervosa novamente, resolvi que tinha que fazer uma enquete com minhas amigas.

"Você não perguntou para o Marcos?", já foi logo querendo saber Carla, por telefone, depois que me passou uma listinha de quatro ou cinco nomes.

"Ele está em São Paulo. Teve um ataque de riso quando soube do que se tratava. Disse que estava entrando numa reunião e que não tinha como conversar comigo na hora."

"Quando você ficou de mandar as alterações?"

"Eu não dei uma data, mas Mário disse que tem uma certa pressa."

"Será que já tem alguém interessado, Bia?"

"Ele não falou e eu também não perguntei, Carla. Se eu souber que algum editor já está esperando pra ler a história, vai me dar um ataque de nervos e aí é que eu não produzo nada"

Desliguei o telefone, mas não consegui contactar nem Lúcia nem Isadora. Já estava pensando se seria possível sair à rua fazer uma pesquisa sobre o assunto quando Kris Kelly entrou no escritório com a notícia de que tinha alguém no portão pra fazer uma entrega.

"Ele não está com o endereço errado, Kelly?"

"Não senhora, dona Beatriz, o endereço está certo... e ele procurou pela senhora... ele tem o seu nome escrito num papel."

Desci sem saber muito o que esperar. Pra minha surpresa, estacionado em frente a minha casa, estava um Jeep Mercedes verde, novinho, com um laço de fita no pára-brisa.

Sorri, sabendo que aquilo era coisa do Marcos. Falei para o moço, cujo crachá o identificava como João Pereira, entrar e assinei os papéis que ele me deu. Vi, com uma certa dor no coração, confesso, a Mercedes prata indo embora. Até acenei em despedida e fiquei parada na rua, até que o carro virou a esquina.

Bobo, eu sei, esse negócio de se afeiçoar a um objeto. Mas, pensando bem, acho que essa troca me deu uma certa sacudida. Parece que somente agora me dei conta de que o carro novo, o casamento com Marcos e a carreira de escritora são mudanças que marcam o início de uma nova fase. Tenho a impressão de que eu entrei numa correnteza que me leva pra frente. Não que eu não quisesse ir pra frente. Mas e se, de repente, eu também tivesse, assim, uma vontade de tomar outro rumo, de desviar os meus horizontes, de parar?

Dia 110

Parei de tirar a sobrancelha pra atender Marcos no telefone. Ele me disse que tinha chegado muito tarde da reunião e que não quis correr o risco de me acordar. Me passou todos os sinônimos que sabia pra pênis e, sem eu nem pedir, para o ato sexual. Acabamos ficando animadinhos e fizemos amor pelo telefone. Foi minha primeira experiência desse tipo. No final achei estranho não ter Marcos ao meu lado pra me abraçar. Uma coisa é gozar sozinha com o poder da imaginação e dos meus dedos, outra, bem diferente, é ser estimulada pela voz de Marcos, mas não ter ele ao meu lado. Sinceramente, se é pra gozar sozinha, que seja mesmo sozinha. Esse negócio de ficar com o coração apertado por querer alguém – de carne e osso – ao nosso lado, acaba com qualquer prazer anterior. Ainda bem que ele volta amanhã.

Dia 111

Fui pegar Marcos no aeroporto com o carro novo. Ele parecia mais feliz do que eu com o presente. Deixei que ele dirigisse, mas já avisei que não era pra se acostumar – sou meio possessiva com minhas coisas. Marcos, claro, adorou, não propriamente a parte de dirigir, mas a minha afirmação. No mínimo achou, no raciocínio distorcido e machista dele, que aquilo significava que o meu relacionamento com Armando estava mesmo acabado – o que, claro, já estava há muito tempo e não por causa do carro.

Fomos jantar fora pra discutir um último detalhe do nosso casamento – sobre o qual eu ando meio ansiosa achando que não vamos conseguir chegar a um consenso. Bem, a questão é a seguinte: onde morar?

O problema é que nem eu quero deixar a minha casa, nem Marcos a dele. E, pelo que já pressenti, nenhum de nós dois está a fim de fazer concessões. Então, nada mais natural do que eu estar apreensiva, certa de que esse é mais um ponto pra acirrada discussão.

Ledo engano. Pra minha surpresa Marcos veio com a solução, que pode não ser a ideal, mas só o tempo vai dizer. Manteremos as duas casas. Teremos nossas roupas e objetos pessoais nos dois endereços. Às vezes dormimos lá, às vezes cá. E ficamos assim até quando quisermos, até quando a idéia funcionar.

Por ter sido muito tradicional no assunto casamento, a solução moderninha de Marcos realmente me surpreendeu. Não sei se vai dar certo, mas topei tentar.

Dia 112

Acho que não contei que o nosso casamento foi marcado para o dia vinte de julho, daqui a menos de dois meses. Só agora fiz os cálculos. Eu e Marcos estamos juntos, descontado o período em que ficamos brigados, desde setembro do ano passado, o que dá quase oito meses, ou dez meses, quando estivermos nos casando. Até que a coisa toda foi bem rápida.

Fiz as alterações na minha história e já enviei, por e-mail, pra Mário. Fiquei surpresa com o número de palavras que eu, minhas amigas e Marcos fomos capazes de levantar. Nunca imaginei que houvesse tantos sinônimos para o membro genital masculino. E é com o sério objetivo de aumentar a sua cultura geral que vou ler, agora, a lista que fizemos.

Than, tchan, tchan, tchan, lá vai, começando dos mais conhecidos e formais para os mais esculachados e engraçados: pênis, falo, fálus, pene, órgão copulador, membro genital, membro viril, pinto, peru, pau, piu-piu, terole, tarangole, pirulim, bigulim, pila, pica, pingolim, piroca, rola, caralho, cacete, badalo, bilau, bibelô, bráulio, cospe-leite, espada, fudêncio, mandioca, mastro e microfone.

Ufa!

Tudo bem. Pode até ser que a lista seja extensa, mas o fato é que não consegui usar na minha história outro nome além dos vedados pênis e membro. Mexi, porém, em todas as cenas de cama e, mesmo continuando a usar essas duas palavras, espero que, agora, Mário aprove.

Se não aprovar, sinceramente, me dou por vencida. Sou até capaz de fazer a minha heroína casta e pura. Nada de sexo pra ela.

Mário riu, por e-mail, dessa minha afirmação. Depois de cobrir uma linha inteira com ha, ha, has, disse que daria retorno em poucos dias.

Estou ansiosa como no dia em que fiz exame pra descobrir se estava grávida de Davi. Uma história é mesmo assim. Ela é filha da gente. Deve ser desejada e carinhosamente gestada. E depois que nasce, mas quando ainda está em nossos braços protetores, há que ser acalentada e cuidada, até que seja lançada ao mundo. E, aí, que Deus nos proteja!

Dia 113

Hoje estou sem saco de escrever. Como esse é um acontecimento fora do comum, achei que era suficientemente interessante pra deixar registrado aqui. É isso. Fui.

* * * * *

Dia 114

Ontem Marcos me pegou de jeito. Ele preparou um jantarzinho delicioso na casa dele, com direito a vinho, velas e flores na mesa. Serviu strogonoff, que ele mesmo fez, com batata palha e arroz – feitos, soube depois, por Kris Kelly – e, ainda, de sobremesa, uma maravilhosa mousse de chocolate, daquela que é servida todo dia no céu. Quando eu perguntei, ao final, o que é que estávamos comemorando, ele me puxou da cadeira, me abraçou e me lascou um beijo na boca. Tirou do bolso dois lenços de seda e os amarrou em cada um de meus pulsos. Depois, parou e me olhou nos olhos, como dando chance pra eu dizer não. Nada disse, apesar de estar com um frio danado na barriga e com o coração batucando forte no peito. Marcos me puxou pela mão e me guiou até o quarto, me beijando sem parar, como se assim pudesse afastar os meus medos. Ele tirou a minha roupa, me deixando só de calcinha e me fez deitar na cama.

"Você confia em mim, Bia?"

"Confio", respondi, tentando esconder a minha hesitação. E não é que eu estivesse mentindo, claro que não. Marcos é daquele tipo de pessoa que transmite confiança e competência. E eu sabia que ele nunca me machucaria. Mas uma coisa é a parte racional da gente, outra é a emocional. E a emoção sempre embaralha a razão. Ficar amarrada me faria sentir vulnerável e sem controle. Exposta. E uma coisa é a gente querer se entregar e outra é estar numa situação em que talvez não haja outra opção. Engoli em seco quando Marcos começou a me amarrar.

Mas se eu estava talvez, digamos, um tanto angustiada, tenho que reconhecer que, se não fosse pela circunstância de estar amarrada, o sexo até que foi bem normal.

Se eu gostei? Pra falar a verdade não muito. Pra mim fazer amor significa uma troca de corpos, de calores, de carícias. E como é que se pode trocar alguma coisa estando amarrada? Me senti mais espectadora do que participante.

Mas isso não impediu que eu respondesse aos chamados de Marcos. Interessante que isso me irritou um pouco. Como ele conseguia arrancar gemidos de mim se eu estava desconfortável com a situação? Me senti traída pelo meu próprio corpo. Meio que tinha pensado em mostrar a Marcos que aquilo não combinava comigo. Mas a falta de desejo não aconteceu. E, então, fiquei eu lá, tentando disfarçar o meu orgasmo. Hilário me parece agora, se bem que na hora não achei.

Tudo bem que Marcos não demorou a me soltar. E aí, nós nos amamos tão abraçadinhos e juntinhos, numa cumplicidade tão gostosa e comovente, que eu fiquei realmente intrigada. Será que ele não percebia como era diferente?

Vai ver que é mesmo coisa de homem, estou eu aqui pensando agora. Eles são mais físicos; nós, mais emocionais. Dê uma revista com fotos pornográfica para um homem, como estimulante, e ele consegue chegar a um rápido gozo. Mas eu duvido que você arranque a mesma resposta de uma mulher. Fotos podem ser até interessantes, mas não provocam essa mesma reação. Traga um texto, no entanto, nem precisa ser pornográfico, um texto sensual, ou até, digamos, sensual-poético – se é que existe isso –, e eu te garanto que o resultado alcançado pelo público feminino vai ser bem diferente.

OK. Pode até ser que eu esteja sendo um pouco contraditória. Afinal, acabei de confessar que tive prazer, mesmo estando desconectada emocionalmente. Mas pelo menos eu percebo a diferença. Sei que o prazer só físico não alimenta a alma. Eu quero é fazer amor com Marcos e passar as horas seguintes com um suspiro preso na garganta e com o coração arrebatado de encantamento.

Sentir-se bem amada. É isso que toda mulher quer.

* * * * *

Dia 115

Hoje estou com uma falta de paciência...

E tudo por causa do ciúme de Marcos. Ele simplesmente achou que eu estava sendo demasiadamente simpática com o pessoal que está fazendo umas obrinhas lá em casa. Pessoal da firma dele, deixe eu ser bem exata. Homens com quem ele trabalha há vários anos.

Marcos me puxou pelo braço e me passou sermão no quarto. Ou melhor, tentou passar sermão. Eu posso ser uma boa ouvinte quando sei que estou errada, mas, caso contrário, é melhor nem começar que eu viro fera. Acho, até, que Marcos ficou um pouco surpreso com a minha reação. Mas tem dó, né?

"Tem dó o quê, Beatriz... você sabe muito bem que eu não gosto de você no meio deles."

Fiquei dividida entre continuar a gritar com Marcos, pra agora dizer que ele era um neandertal da idade da pedra, ou tentar ser racional. Venceu a parte civilizada. Com custo, mas venceu. Respirei fundo e me acalmei.

"Marcos, pensa bem no que você está falando... você está me ofendendo... você está dando a entender que eu tenho algum interesse neles..."

"Bia, por favor, você sabe que não é isso. É que você é uma mulher bonita e, estando assim tão perto, é natural que desperte algum interesse deles por você... deles por você, Bia... não o contrário."

"O pedreiro estava fazendo o desenho da cerâmica errado, Marcos... o que você queria que eu fizesse?... que esperasse você chegar em casa no final do dia pra mandar desfazer e recomeçar tudo de novo?"

"Você podia ter me ligado."

"Pelo amor de Deus, Marcos, dá um tempo... eu não fiz nada de errado... eu só os cumprimentei, conversei rapidinho com Seu Dió e..."

* * * * *

Mas ele me interrompeu:

"É isso, você não vê? Você até já sabe o nome da tropa, Bia... Já sabe que o Dió é o pedreiro..."

Agora eu é que o interrompi:

"... e que Marcelo é o ajudante de pedreiro e que Valdetaro e Divino são os pintores... Sei também que Valdetaro está de casamento marcado e que Divino faz supletivo. Marcelo é meio gago e mora com os pais e o Seu Dió trabalha na firma de engenharia desde quando ela foi criada."

Marcos ficou calado. Peguei a minha bolsa e a chave do carro.

"Vou dar uma volta."

Só retornei tarde da noite. Resolvi ir direto pra minha casa apesar de saber que tinha combinado passar aquela noite na de Marcos. Achei que uma noite separados só podia nos fazer bem. Deitei com dor de cabeça e dormi mal.

Dia 116

Hoje resolvi os últimos detalhes para o casamento. Apesar de termos decidido fazer uma cerimônia muito simples, há sempre diversas providências a tomar. Contratei o buffet, escolhi as flores e fiz a segunda prova do vestido. Marcos ficou encarregado de alugar o toldo e de providenciar a música. Parece que tudo está indo muito bem e, felizmente, não tivemos nenhuma discussão.

Graças a Deus, também não tivemos mais nenhum outro desentendimento, no que se refere ao ciúme de Marcos. Nós conversamos e Marcos, surpreendentemente, se desculpou e prometeu se controlar. Eu não sei quanto tempo isso vai durar, mas eu ando me sentindo tão bem que resolvi varrer pra debaixo do tapete qualquer pedrinha que ameace nossa felicidade.

Dia 117

Avistei Armando e a namorada no supermercado. Felizmente eles não me viram, pois eu não estava com a menor vontade de ser simpática e civilizada. Fiquei meio que escondida atrás de uma pilha de leite condensado, observando por alguns minutos o casal. Senti um negócio estranho. Não achei que fosse ciúme. Estava mais para o lado da estranheza em ver algo que havia sido meu nas mãos de uma outra pessoa. Ridículo, eu sei, estar comparando Armando a uma coisa. Mas foi exatamente assim que me senti.

Quando eu consegui voltar a me movimentar, foi pra empurrar o carrinho pra uma mesa da lanchonete, no canto do supermercado. Sentei-me e fiquei ali quietinha, tentando entender a minha reação. Estava com raiva? Estava triste? Por mais que pensasse, a resposta não aparecia. Eu só sabia que não estava com ciúme. Pelo menos não aquele ciúme tradicional, que cobre de sangue as páginas dos jornais. Um outro ciúme, sim, talvez eu estivesse sentindo. Um ciúme totalmente interesseiro e não necessariamente relacionado ao amor. Sentia ciúmes ao pensar que Armando agora corria pra consertar não o meu, mas o computador da nova amada; ao pensar que era ela quem agora era levada à casa de Seu Fernando e Dona Berenice e, pior, ao imaginar as atenções que meus sogros estariam dispensando a ela.

Comecei a me recriminar assim que entendi o rumo dos meus sentimentos. Sabia que aquilo era coisa de criança mimada que perde um brinquedo. Não era justo nem razoável tratar aquelas pessoas como coisas que estão a meu dispor e cujo único objetivo era assegurar a minha felicidade.

Droga, Bia, amadurece!

Respirei fundo e com o canto do olho voltei a ver Armando e a namorada – realmente breguinha, como Lúcia afirmara, se é que aquela era a mesma mulher de meses atrás – na fila do caixa. Não entendia por que é que os dois tinham decidido usar o *meu* supermercado. Será que a brega morava no Lago Sul? Armando, eu sabia que tinha comprado um apartamento relativamente longe dali.

Eles se deram as mãos e sorriram um para o outro. Estariam apaixonados? Racionalmente era aquilo que queria pra Armando. Mas eu queria aquilo à distância, sem ter que presenciar a cena.

E pensei que, na realidade, me sentia de certa forma fracassada, por não ter feito o meu casamento com Armando dar certo. Eu acho que se tivesse me esforçado, se tivesse trabalhado o nosso amor, nós poderíamos ter mantido acesa a chama da paixão.

Fiquei ali olhando, ignorando os pingos d'água embaixo do carrinho, e pensei agora em Marcos. Eu queria tanto que as coisas entre nós dois dessem certo. Queria que o casamento funcionasse. Que fosse pra valer. Que fosse pra todo o sempre, como se diz.

Mas Marcos ainda me assusta um pouco. Às vezes o comportamento dele me parece muito irracional. Esse negócio do ciúme e da possessividade é o que atormenta o nosso relacionamento. E a verdade é que tenho medo que a coisa piore com o tempo. Ele prometeu se controlar, prometeu, até, procurar ajuda profissional se for necessário. E eu quero confiar nele. Eu quero confiar que tudo vai dar certo e não me preocupar mais com esse assunto. Mas agora, com o dia do casamento chegando, essa dúvida volta e meia fica martelando em minha cabeça.

Acordei de minhas elucubrações a tempo de evitar que todos os congelados do carrinho se estragassem. Armando e a namorada não estavam mais à vista. Sem muito entusiasmo, me dirigi à fila do caixa.

Enquanto aguardava a minha vez, olhei para o anel de noivado em meu dedo. Marcos pode ser tão encantador pra certas coisas. Ele é romântico, preocupado, atencioso e, o mais importante, apaixonado por mim. O único assunto que desvia a atenção de Marcos é o trabalho. Ele ama aquela firma de engenharia e trabalha um pouco demais, na minha humilde opinião. Uma vez me queixei disso e ele afirmou que eu estava mal-acostumada com o serviço público. Eu sei que a iniciativa privada requer muito mais dedicação, principalmente se a pessoa é a dona do negócio. É bem verdade que Marcos não é o único dono, mas é ele quem tem a maior parte das cotas da firma. E ele dá o sangue e a alma por aquilo tudo.

Por falar nesse assunto, dois dias atrás ele me veio com a chatíssima notícia de que não poderemos mais viajar após o casamento. Pelo menos não a viagem que eu queria. Disse-me que a firma está com vários projetos em andamento e que não confia deixar tudo nas mãos dos sócios. Não adiantou fazer beicinho e bater o pé. Aliás, Marcos não achou graça nenhuma na encenação. Disse-me pra agir como uma mulher madura, pelo menos uma vez na vida. Fiquei ofendidíssima. Quase tivemos outra séria briga, não fosse ele me pegar no colo e me encher de beijos. Mas ele não pediu desculpas nem retirou o que disse. E eu sei que, por mais que eu tenha intenção de relevar, esse acontecimento está aqui registrado na cabeça só esperando uma chance de pular pra fora e mostrar as garras.

Dia 118

Não resisti e mandei um e-mail pra Mário perguntando se ele já tinha posição de alguma editora. Em resposta, ele me mandou uma encantadora mensagem:

Calma mocinha apressada do coração desatinado. Vai dar tudo certo, você vai ver. Eu aposto.

Fiquei sentindo uma coisinha gostosa no fundo do peito o dia todo. Que querido Mário é!

* * * * *

Dia 119

Estou aqui na frente do espelho me arrumando pra sair com minhas três amigas. Será a nossa última saída antes do casamento; a última saída na pele de Bia Vilella.

Me dá um arrepio toda a vez que penso nisso. Se tivesse coragem voltava atrás no meu acordo com Marcos. Mas eu sou daquelas que, uma vez a palavra dada, só não cumpre o prometido se estiver à beira da morte. E isso, graças a Deus, até onde eu saiba, eu não estou.

Marcos entra e fica me olhando de esguelha. Eu sei que não está muito contente com a idéia da minha saída. Mas ele mesmo vai amanhã para um bar com o pessoal da firma. Para encher a cara, me disse ele, se bem que não possa imaginar a cena de um Marcos bêbado. Todos sabem que aqui só a Bia é que fica nesse estado etílico. Sorri imaginando o que o meu futuro-marido-corta-barato faria se me pegasse chegando, outra vez, altinha em casa.

"Bia"

Estudei Marcos pelo reflexo do espelho.

"Humm..."

"Promete que não vai deixar ninguém se aproximar de você."

Sorri.

"Homens?"

"Você sabe que sim."

"Eu não vou dar bola pra ninguém, Marcos, juro que não vou nem olhar pros lados."

"E promete que vai ter juízo."

"Sabe", disse eu virando e ficando de frente pra ele, "não sei se fico lisonjeada com a sua preocupação ou ofendida por você me tratar como uma criança."

"Eu gosto de você, pequenina, é só isso."

Voltei a sorrir com o apelido. Numa noite em que fazíamos amor, Marcos confessou que nunca deixara de ter medo de me machucar. Que eu era delicada e preciosa. Pequenina. E o apelido ficou.

* * * * *

"Eu sou mais alta que a média das brasileiras, você sabia?"

"E eu tenho mais de um e noventa, Bia," respondeu ele com um sorriso. E repetiu a minha pergunta: "Você sabia?"

"Eu sempre gostei de homens altos, Marcos."

"É, mas agora você vai ter que se satisfazer só com esse aqui, nem que um de dois metros apareça na sua frente."

"Eu disse que gostava de homens altos, não de gigantes", falei sorrindo, enquanto calçava os sapatos.

"Você não prometeu ainda."

Botei a mão sobre o coração e com uma expressão que julguei muito séria, afirmei:

"Juro que terei muito juízo, que não darei espaço a nenhuma cantada, que beberei pouco e que voltarei pra casa cedo."

E perguntei:

"Esqueci alguma coisa?"

Marcos me puxou para um abraço e me beijou.

Dia 120

Quem está aqui na sua frente é a Beatriz Souza Paes. Desde a semana passada eu assino assim. Estou me sentindo igualzinha e, por isso mesmo, não sinto que esse nome combine comigo. É que sempre achei que o nome reflete um pouco da pessoa. E Bia Vilella é um nome pequeno, forte e bem resolvido. Assim como eu. Pelo menos é assim que me enxergo.

Por outro lado, Beatriz Souza Paes é ainda uma incógnita. Será que alguma coisa de mim mudará com esse nome? Será que eu mudarei com o casamento?

E, por falar nesse assunto, eu e Marcos, nessa primeira semana de casados, estamos indo muito bem. Apesar de não termos feito a viagem dos meus sonhos, tiramos cinco dias de folga e viajamos pra Maceió. A viagem foi ótima e eu voltei muito a contra-gosto. Marcos já avisou que terá de se dedicar seriamente ao trabalho nesses próximos meses. Não gostei de saber, mas, obviamente, não há nada que eu possa fazer, além, claro, de tentar me acostumar com a idéia de ser a Sra. Marcos Souza Paes.

Hoje à noite eu vou encontrar as meninas na casa da Isadora. Felizmente minha amiga parece completamente recuperada. Ninguém mais teve notícias de Thiago, nem mesmo a polícia. O inquérito policial continua a correr mas, se as coisas continuarem como estão, o monstro agressor vai acabar não sofrendo qualquer punição. Pelo menos eu tenho o gostinho de ter desferido uns sopapos no cafajeste.

Dia 121

Mário Velloso finalmente ligou. Disse que enviou o manuscrito pra uma editora e que eles se mostraram bastante interessados. Queria saber da minha disponibilidade em viajar novamente a Curitiba. Eu disse que retornava a ligação assim que tivesse uma posição.

Fiquei nervosa o dia inteiro. Será que agora eu vou conseguir? Não vejo a hora de poder passar a ser uma autora publicada. É que é um saco ter que ficar respondendo a perguntas/comentários de algumas pessoas. Tipo: "Ai, você ainda não conseguiu, Bia?", "Nossa, já tem tanto tempo que você está nessa luta, né?". Ou, pior, ter que aturar: "Mas você vai continuar tentando até quando?". Foi uma conhecida que me perguntou isso. O que é que se responde a uma pergunta dessa? "Até eu conseguir." Ou, de repente: "Até eu morrer, o que acontecer primeiro". A verdade é que sempre identifiquei, por trás dessas perguntas, o verdadeiro pensamento dos curiosos interlocutores. Algo para os lados de: "Ai, coitadinha, se não conseguiu até agora é porque deve escrever mal mesmo". "Será que ela não se toca, essa Bia? Quanto tempo mais pra ela perceber que não vai conseguir publicar nada?". E as caras de pena, então? Nossa, sinto um frio arrepiado só de me lembrar!

E, claro, há os casos em que as pessoas ignoram totalmente esse assunto, achando que o melhor é fingir que nada sabem sobre as aventuras literárias do conhecido/amigo/parente. Não perguntam nunca e, se por acaso a conversa ameaça entrar naquele terreno perigoso, dão um jeito longe de sutil de mudar o rumo do assunto.

Realmente, não sei qual dos dois comportamentos me irrita mais.

Dia 122

Mais uma briga entre mim e Marcos. Ele cismou que eu devo ir com ele a São Paulo e que, depois, passaremos juntos por Curitiba. Só que essa viagem de Marcos é pra daqui a dez dias e Mário quer que eu vá pra lá o quanto antes. Tive que fincar o pé e Marcos ficou aborrecido. Ô saco!

Andei notando, aliás, nos últimos dias, que Marcos não está entendendo o quão decidida eu estou em começar essa minha nova carreira. Ele parece tratar tudo como capricho meu. A vontade de uma mulher mimada de ver um livro seu na prateleira da livraria. Veio, até, com a mesma história de Armando, de que bancaria a publicação. Eu fiquei chateada de ele fazer pouco caso de uma coisa que é extremamente importante pra mim.

Interessante, pensando agora, que o maior elogio que já recebi pelo meu romance partiu de Armando. Eu tinha acabado de escrever a história e estava na maior expectativa pra saber o que o meu marido iria achar. Só que Armando estava de viagem marcada pra Boston a trabalho e não tinha como levar aquela montanha de papel na mala. Então ele acessou o meu computador e passou tudo pra agenda eletrônica dele. Me garantiu que leria durante a viagem. Não botei muita fé não, mas eis que, alguns dias depois, ele me liga e diz que tinha pego o maior resfriado por ter andado dois quarteirões, à pé, na neve. Eu quis saber por que diabos ele tinha andado a pé, naquele frio todo.

"Eu estava no metrô lendo o seu romance, Bia. Eu estava na parte do tiroteio. Estava na parte em que a heroína pega a arma. Chegou a minha estação. Faltava só uns quatro parágrafos pra eu acabar o capítulo. Não dava pra parar. Deixei a estação passar e voltei depois a pé."

Quando me lembro disso, e, confesso, de outras coisas mais, é que me dou conta de que o Armando até que tinha lá suas várias qualidades.

Eu sei que não devo ficar comparando, mas acho justo você saber que Marcos somente deu umas folheadas no meu romance. Ouvi ele rindo de algumas partes, é verdade, mas, até onde saiba, a perspectiva de mais algumas boas gargalhadas não chegou a ser suficiente pra fazê-lo ler o texto todo. Até me aventurei em dizer a ele que tinha um bang-bang no meio da história, já que pensava que isso talvez o animasse a continuar. Sempre soube que homens não têm muita paciência com comédias românticas. É bem verdade que depois de saber disso, ele me garantiu que, assim que tivesse tempo, pretendia acabar a leitura. Não sei se estou é botando fé em que isso algum dia vá acontecer...

Enfim...

Ontem, afinal, marquei a viagem pra Curitiba. A idéia é deixar Brasília na quinta-feira, no final da tarde, e voltar no domingo. Mário adorou a notícia e disse que me pega no aeroporto. Marcos ficou de cara fechada o dia inteiro.

A única coisa boa disso tudo é que Marcos não aparenta ter ciúme de Mário. É que, quando soube que o meu consultor/

agente tem cinqüenta e sete anos e seis filhos, ele parece ter concluído que a situação não pedia o gasto de mais uma cota de ciúmes.

Ah! *Se ele visse o quão charmoso Mário é...*

Dia 123

Acabei de chegar do aeroporto. Meus pais é que foram me buscar. Marcos tinha ligado mais cedo avisando que estaria trabalhando o dia inteiro e que, por isso, não poderia me apanhar. Isso num domingo! Estou aqui pensando se ele não está é aborrecido comigo.

O encontro com Mário e o tal representante da editora foi ótimo. Eles querem mesmo publicar a história. Estou nas nuvens! Agora é só esperar a revisão que será feita no manuscrito, escolher capa e marcar uma data para o lançamento. Segundo Mário em quatro meses eu devo estar com o livro nas mãos. Muito, muito, muito legal!

Ah, sim, pelo jeito Mário aprovou as cenas de cama. Pelo menos não falou mais nada. E eu também não perguntei, pois fiquei com medo de que ele pedisse ainda outras alterações. Sinceramente, eu já fiz o melhor que podia fazer. Eu não queria nada pesado demais e nem também, por outro lado, poético demais. Tinha que ser um meio-termo. E meio-termo, no meu modesto entender, foi o que ficou.

Dia 124

Coloquei o meu latifúndio à venda. Antes disso, claro, conversei com Seu Fernando e Dona Berenice. Eles pareceram compreender a minha posição. Prometi que o dinheiro será colocado numa caderneta de poupança pra Davi. Estou aliviada de ter resolvido, ou estar em vias de resolver, essa história.

Dia 125

Estou ficando com a cabeça abarrotada de minhocas. Ou melhor, pra ser bem exata, há um enorme de um minhocoçu tentando promover a desarmonia nas minhas idéias. Apesar de Marcos e eu estarmos bem, tem uma coisa que me incomoda cada dia mais. É que ele me trata, muitas vezes, como uma menina mimada e cheia de vontades. Eu até reconheço que sou um pouco mimada sim. Mas eu gosto de pensar que eu também respeito as pessoas, que sou preocupada com as vontades, com os anseios e com os sonhos dos outros. Não sou egoísta e egocêntrica como uma criança.

O que é mais gozado, porém, é que Marcos, se por um lado se queixa do meu comportamento, por outro parece fazer tudo pra incentivá-lo. Ele me dá presentes sem motivo, manda flores, e me trata mesmo como se eu fosse uma princesa. O problema é que isso fez surgir uma terrível dúvida. Ele acha que eu preciso disso pra ficar feliz? Será que ele pensa que só me deixando feliz eu fico do lado dele? Bem, é claro que se eu estiver triste com o nosso relacionamento, há uma real probabilidade de que eu venha a terminar o casamento. Mas será que ele não percebe que o principal num relacionamento é o companheirismo e a consideração? Eu sei que ele é preocupado e atencioso comigo. Mas Marcos não me respeita, muitas vezes, como uma mulher adulta, uma profissional dedicada que quer se transformar em uma escritora competente. Ele pode até fingir respeitar. Mas eu sei que, lá no fundo, ele me acha, de certa forma, inferior a ele. O que me faz temer que eu seja, pra ele, mais um enfeite do que uma companheira de verdade.

Humm... pensamento triste esse...

Conversei com minhas amigas sobre isso. Fiquei brava, pois ninguém quis concordar comigo. Claro, é muito fácil palpitar quando se está de fora; o difícil é quando se está vivendo a situação.

Isso me fez lembrar da Isadora. Ando preocupada com ela. Tenho a impressão de que ela não está cultivando, com o devido cuidado, o ódio a Thiago. Já não fala mais tão mal dele... Já não levanta brindes à desgraça dele...

Perguntei, como quem não quer nada, se ela tinha tido alguma notícia daquele asselvajado brutamontes. Disse que não. Farejei mentira. Marquei um encontro com Carla e Lúcia pra discutirmos essa minha suspeita. Realmente espero que eu esteja errada.

Dia 126

Conversei com Fernanda no trabalho. Não sei se você se lembra dela. É uma conhecida que eu, se não me engano, qualifiquei aí atrás como feiosinha, sem estilo e sem sal.

Bem, você não pode imaginar a surpresa quando eu a encontrei. Ela parece até outra pessoa, está bonita e de bem com a vida. Tomei coragem – nós não somos íntimas – e perguntei se ela tinha feito plástica. Fernanda riu e disse que estava amando. Fiquei contente por ela. Realmente não há dúvida de que o olhar de uma mulher apaixonada é único, luminoso. Fernanda conversou comigo numa animação... Desejei-lhe muitas felicidades com o namorado e aproveitei pra contar do meu livro. Ela prometeu aparecer no coquetel de lançamento. Fiquei com vontade de incluí-la no meu restrito círculo de amigas.

Dia 127

Hoje foi a primeira vez que fiz compras usando o cartão de crédito que Marcos me deu. Achei que ia me sentir meio estranha, mas, pra falar a verdade, adorei a experiência. Fui a uma de minhas butiques preferidas e comprei um vestido vinho, decotado, em que já estava de olho há algum tempo. Depois comprei três sandálias, duas pra mim e outra pra Maria Clara. Ando achando que está na hora de puxar um pouco mais o saco da menina. E a possibilidade de fazer isso, usando o cartão de Marcos foi tentadora demais, não dava pra resistir. E ele, no que depender de mim, nunca vai descobrir. Qualquer coisa, posso dizer que os três sapatos são meus. Se é que Marcos vai procurar saber no que de fato eu gastei o dinheiro dele. Já reparei que ele mal passa os olhos quando a fatura do cartão chega. E claro que, com uma pitada de parcimônia – pitada pouca, esclareço –, usarei essa descoberta em meu benefício. Pra que, afinal, brigar por coisinha tão boba?

E não é que ele seja muquirana com a filha, veja bem. Não é nada disso. Graças a Deus tive a felicidade de me casar com dois homens que sempre foram mão-aberta. O problema é que Marcos acha que eu estou comprando a filha dele. E estou mesmo, não nego, já disse isso e repito. Mas Marcos vem sempre com a história de que esse é um comportamento anti-educativo. Perguntou por que, em vez disso, eu não ajudava a menina nas tarefas escolares, por exemplo. Tive que me controlar pra não rir. *Deus do céu, tarefas escolares???* Isso é coisa que a gente faz – sempre mal-humorada, deixo bem registrado – com os próprios filhos. Com os filhos dos outros, é que não! E depois, comparar tarefas escolares com compras no shopping! Em que planeta Marcos mora, pelo amor de Cristo?

Dia 128

Resolvi surpreender o meu amor. Passei o dia inteiro no salão, com direito a corte e luzes no cabelo, pedicure, manicure, depilação e massagem. De lá passei em casa, coloquei o vestido e a sandália de salto alto que comprei ontem, borrifei o meu perfume preferido em pontos estratégicos e prendi no pescoço o colar que Marcos me deu de aniversário. Gostei do que vi. Imaginei como o meu agora-efetivado-e-pau-pra-toda-saliência-marido reagiria quando me visse entrando escritório adentro.

Espantado e boquiaberto, foi o que constatei, menos de meia hora depois.

"Bia!"

"Oi, amor."

Me aproximei, lasquei um rápido beijo na boca dele e cumprimentei os homens que estavam na sala de reuniões.

Será que atrapalhava alguma coisa?

Marcos agarrou o meu braço e, quando dei por mim, estava sendo praticamente arrastada dali. Teria o homem ficado irritado?

Procurei pelos olhos dele. Sorri. Conhecia aquele tom de verde tempestuoso. Ele estava alterado, sim, mas era por outra razão.

Passamos pelo bagulho da secretária dele (*não sou mesmo uma mulher de sorte?*), pra quem dei um aceno apressado, e entramos na sala do final do corredor.

Marcos fechou a porta com pressa.

"Sua diabinha, o que você faz aqui assim?"

"Assim?"

Passei os olhos pelo vestido e, fingindo inocência, respondi:

"Algum problema com a minha roupa?"

Ele nem se deu ao trabalho de responder. Me abraçou forte e juntou nossas bocas, num beijo demorado.

"O que você tem em mente, pequenina?", perguntou, afinal, entre beijos molhados.

Eu desci a mão pelas coxas de Marcos até sentir o objeto de meu desejo, o qual, ressalte-se, nunca falha em me surpreender agradavelmente.

* * * * *

"Isso", respondi, enquanto Marcos fechava os olhos com minha carícia.

"Aqui no escritório?", sussurrou ele.

"Meio complicado te amarrar aqui, Marcos."

Ele abriu os olhos e esboçou um sorriso sensual.

"Eu ando meio estressado esses dias, Bia. Você sabe disso melhor do que ninguém... o que você ainda não sabe é que eu posso ser muito exigente na cama quando estou assim... será que você vai se assustar comigo?"

O sorriso de Marcos não combinava com as palavras dele. Achei que ele estava brincando ou estava me testando. Ou por algum motivo, queria mesmo me assustar.

Não me intimidei.

"Eu não tenho medo de você, Dr. Marcos Souza Paes."

Ele se afastou um pouco, abriu uma das gavetas da mesa de trabalho, e, alcançando as chaves do carro, passou-as pra mim.

"Espere no meu carro, amor."

Ao meu olhar interrogador, afirmou:

"Não posso sair assim, Bia, eu preciso de alguns minutos pra me recompor."

Abaixei os olhos e sorri com o evidente volume entre as pernas de Marcos.

Passamos o resto do sábado num dos motéis da cidade. A quase violência do início deu lugar a um sexo tranqüilo e suave no final. Não tive medo e vi que Marcos ficou aliviado ao perceber isso. Gostei de mostrar que eu não sou frágil e que o desejo e o fogo dele não vão me machucar.

Dia 129

Lúcia acabou de ligar pra dizer que Isadora se encontrou com Thiago. Estamos todas perturbadas com a notícia. Quis conversar com Marcos a respeito mas ele anda ocupadíssimo com o trabalho e não prestou muita atenção. Dei um desconto pois sei que ele está totalmente absorvido pelos problemas da firma. Marcamos uma reunião na casa de Carla pra discutir o assunto.

Dia 130

Marcos anda estranho. Parece que a firma está tendo que pagar uma pesada multa pelo atraso na entrega de uma obra. Ontem ele chegou em casa depois das duas da manhã. Tentei conversar com ele sem grande sucesso. Disse que estava cansado e que não queria conversar sobre problemas quando chegava em casa. Fiquei sentida de ele não querer dividir as coisas comigo. Lembro quando eu tive o caroço no seio e ele veio com a lenga-lenga de que nós temos que dividir tudo. Aparentemente ele se referia a eu dividir tudo com ele, enquanto ele guarda os próprios problemas pra si. Bem, não se fala de problemas de trabalho com uma criança, não é? Estou tentando não voltar a ficar emputecida com esse assunto. Pelo menos não agora.

Carla, Lúcia e eu nos encontramos ontem, no final da tarde, num barzinho do Pier 21. Discutimos a situação de Isadora até quase ficarmos roucas. Resolvemos que vamos deixar de lado qualquer método sutil e que vamos ter uma conversa franca com nossa amiga. Marcamos o encontro pra amanhã.

Dia 131

Está dando tudo errado. Voltei a discutir com Marcos e acabei, junto com Carla e Lúcia, me desentendendo com Isadora.

Com Marcos o problema é que eu ando sentindo que ele

está muito afastado de mim. Emocionalmente afastado de mim. Que coisa mais estranha! Foi só nos casarmos para o relacionamento começar a desandar. Tudo bem que pode ter sido coincidência. Os negócios na firma se complicaram logo no mês do casamento. Mas por que ele não conversa comigo? Gostaria tanto que me contasse direitinho o que está acontecendo. Se eu não posso ajudar na solução, garanto que apoio moral eu dou. Pelo menos massagem nas costas eu faço. Marcos me olhou com uma cara estranha quando eu sugeri isso. Disse que não estava a fim de fazer amor. E quem foi que sugeriu fazer amor, pelo amor de Cristo?

Mas a discussão começou mesmo quando eu, ingenuamente, disse que teria que voltar a Curitiba dentro de poucos meses. Marcos me acusou de só pensar em mim e de não dar a mínima para os problemas dele. Disse que, naquele momento, a última de suas preocupações era o meu livro, que se eu tivesse mesmo consideração por ele, deixaria o lançamento pra depois.

"Pra depois? Depois quando?", perguntei, tentando controlar a irritação.

"Depois que os problemas da firma se resolverem."

"Mas o que uma coisa tem a ver com a outra, Marcos?"

"Beatriz, eu não posso trabalhar sossegado sabendo que você está viajando pra baixo e pra cima."

Respirei fundo e resolvi não enfrentar, pelo menos naquele momento, a questão que realmente me incomodava. Tentei outra abordagem.

"Mas ainda faltam uns três meses para o lançamento, Marcos... até lá os problemas da firma não estarão resolvidos?"

"Não sei... talvez..."

Fiquei calada. Ele se aproximou de mim e acariciou o meu cabelo.

"Eu sei que ando difícil, Bia, mas tenha um pouquinho mais de paciência, tá?"

"Eu queria que você conversasse comigo, Marcos... eu queria tentar ajudar e..."

Ele me interrompeu:

"Não tem nada que você possa fazer, amor... e eu não vejo por que te preocupar com coisas que você não pode resolver."

Eu ia responder que não queria ser poupada dos problemas, que eu não era criança. Ia dizer que ficar na ignorância era pior do que saber o que estava realmente acontecendo. Tinha um monte de coisas pra dizer. Mas Marcos entrou no banheiro e fechou a porta. E eu fiquei ali sem saber o que fazer.

Pelo menos no que se refere a Marcos não ficamos brigados depois da discussão. Quando saiu do banheiro, ele pegou minha mão, me puxou da poltrona, que continuava com um mal-combinado tecido xadrez, e me trouxe pra cama. Eu tinha acabado de abrir o meu caderninho com anotações pra uma nova história e nem tive tempo de abrir a boca pra reclamar.

"Agora chega disso, Beatriz, vamos dormir que eu estou cansado."

Ainda hoje me surpreendo. Como o homem pode ser tão autoritário!

Deitamos na minha posição preferida: eu de costas pra Marcos, ele com o corpo moldado ao meu, uma mão por baixo do travesseiro, a outra passada entre as minhas coxas. Quando um minuto se passou e o meu marido-pra-lá-de-mandão não mexeu nenhum daqueles dedos curiosos, já tive a indicação de que o problema da firma era grande a ponto de ele não querer mesmo fazer amor. Pela primeira vez me passou a idéia de que talvez a coisa não tivesse solução. Será que a firma corria o risco de falir? Será que isso significava que teríamos que mudar de padrão de vida? Parar de manter duas casas? Despedir os empregados? Tirar o Davi das várias atividades que fazia depois da escola? Parar de comer?

Não pude deixar de sorrir com o meu último pensamento. Mas, de qualquer forma, não custava nada checar. Mas sem perguntar diretamente, claro. Vai que o bicho fica ofendido com o rumo dos meus pensamentos. Então, nada melhor do que fazer o questionamento de forma, digamos, transversa, mas que, no meu entender, me daria uma indicação quanto ao meu futuro grau de preocupação com o problema.

"Marcos?"

"Humm..."

"Marcos, você quer que eu pare de comprar sapatos?"

"Como é?"

"Comprar sapatos, Marcos, você quer que eu pare de comprar sapatos?"

"Claro que não, Bia, que idéia é essa?"

Sorri e fechei os olhos. Desopilei.

Então, eu e Marcos ficamos relativamente bem, ainda que a barreira emocional tenha continuado lá durante todo o tempo. Já quanto a Isadora...

Tudo bem que Carla, Lúcia e eu pegamos um pouco pesado demais. Isadora, imagino agora, deve ter se sentido invadida. Acabamos nos desentendendo feio. No final, ela gritou que saía com quem quisesse e que a gente não tinha nada a ver com isso. Praticamente nos expulsou da casa dela. Foi horrível e estou me sentindo péssima. Queria conversar com Marcos sobre isso, mas, realmente, por agora não dá. Algo me diz que, no momento, ele não será nem um pouco receptivo aos meus problemas.

Infelizmente isso me trouxe à memória lembranças de Armando. Quantas vezes ele também não quis escutar os meus problemas? Ele gostava de contar os dele, em excruciantes detalhes, mas quando era a vez de saber dos meus, ele dava sempre um jeito de menosprezar as minhas aflições. "Ah, faz o favor, Bia, você está fazendo tempestade em copo d'água", era uma das frases preferidas dele. Não admira que, no final, nós estivéssemos tão afastados um do outro.

Dia 132

Hoje tive dois ataques de choro. O primeiro quando voltei a discutir com Isadora, agora ao telefone. O segundo quando li o cartão que Marcos me mandou junto com duas dúzias de rosas vermelhas. Ele escreveu que eu não tenho que me preocupar com nada. Disse que eu sou o grande amor da vida dele e que ele vai estar sempre ao meu lado pra cuidar de mim.

Cuidar de mim?! Não me preocupar com nada? Pelo amor de Deus, que diabo é isso? Será que ele não sabe que eu tenho trinta e quatro anos de idade e que posso muito bem me virar sozinha? Como é que eu faço pra esse homem me enxergar como uma mulher adulta???

Chorei até ficar vazia de lágrimas. Depois decidi um plano de ação. Se quero fazer o meu relacionamento com Marcos realmente dar certo, tenho que trabalhar as dificuldades assim que surgirem. Se Marcos me trata assim é porque eu, de alguma forma, dei margem a isso. Nenhum dos dois pode ser o único responsável por um problema enfrentado pelo casal. Sempre há culpa dos dois lados.

É, mas eu acho mesmo que nesse assunto ele é o grande culpado...

Fiquei acordada esperando Marcos chegar do trabalho, o que só foi acontecer por volta de uma da manhã. Ele entrou no quarto, aproximou-se da cama pra me dar um beijo no alto da cabeça e, antes que eu pudesse dizer alguma coisa, anunciou que ia tomar uma chuveirada.

Fiquei pacientemente aguardando. Já tinha, pra variar, decorado um textinho sobre como aquele tratamento dele me irritava, sobre como ele não podia continuar a me tratar como criança, sobre como aquilo podia ameaçar o nosso relacionamento. Tinha decidido que não ia deixar a conversa passar daquela noite. Eu tinha o direito de saber os problemas por que ele passava na firma, da mesma forma que ele tinha a obrigação de demonstrar genuíno interesse pelos meus. Nós tínhamos que acertar os ponteiros. Era essencial que ele me enxergasse não só como amante, mas como companheira também.

Marcos saiu do banho com uma expressão de cansaço. Deitou-se ao meu lado e perguntou:

"Gostou das flores, pequenina?"

Imediatamente pensei que teria que dar um fim no apelido também. Como é que em algum momento eu podia ter achado aquilo legal?

"São lindas, Marcos", respondi, e continuei.

"Nós temos que conversar."

Ele fechou os olhos.

"Eu estou tão cansado, Bia, não dá pra ser amanhã?"

Suspirei. Não tinha coragem de dizer que não. Ele estava realmente com uma expressão abatida. Pensei que teríamos ainda várias outras oportunidades pra aquela conversa.

"Tudo bem", respondi.

Ele me beijou os lábios e me desejou boa noite. Virou de lado, as costas pra mim, e, em poucos instantes, o ronco abafado denunciava que dormia profundamente.

Pensei em Isadora, pensei em Davi, pensei em Armando, pensei novamente em Marcos. Pensei em tudo e em todos, como sempre faço quando não tenho com quem conversar.

Levantei o rosto e estudei o teto. Conheço cada saliência, cada reentrância, cada falha na pintura. São anos de treinamento. Treinamento que começou quando ainda era Armando quem dividia a cama comigo.

Voltei os olhos a um ponto preto logo acima de minha cabeça. Sorri. Os restos do pernilongo continuavam lá.

* * * * *

LGE EDITORA
SIA Trecho 3 Lote nº 1760
Fone: (61) 3362-0008 / Fax: (61) 3233-3771
lgeeditora.com.br
lgeeditora@lgeeditora.com.br